开场白

"让我们和更好的你聊聊"

白岩松 彭凯平 刘擎 等 著

长江出版传媒 长江文艺出版社

北京长江新世纪文化传媒有限公司

www.cjxinshiji.com

出品

目 录   C O N T E N T S

白岩松 彭凯平

走出"emo"深水区

>>> 我们每个人都缺很多东西：有的人缺房子，有的人缺钱，有的人缺工作……但是唯一不缺和远远富裕的，就是爱。世界这么大，跟你没什么关系；但是这个世界好与不好，是由你身边的人决定的。当你真正爱身边人的时候，世界也会悄悄变得令人开心、快乐和幸福。

抖音扫码
收看精彩瞬间

白岩松

全国政协委员，中央广播电视总台资深新闻人，
主持《新闻周刊》《新闻1+1》等栏目。健康中国推进委员会委员。
出版作品有《痛并快乐着》《幸福了吗》《白说》等。

彭凯平

清华大学社会科学学院院长，心理学系教授；
中国积极心理学的发起人，中国国际积极心理学大会执行主席。

白：在场和在线的朋友们，你们好！但是接下来就要问一句了：你们真的好吗？在这个舞台上，有一个大大的问号，这个问号恰恰是我们今天聚集在这里的重要原因，它在我心目中，促使着我马上想问的是：你觉得自己足够健康吗？

看起来在座的各位都没问题。但是你以为的"健康"会不会只是生理上、身体上绝对的健康呢？如果我问你："你的心理够健康吗？"还有多少人会特别饱满地回答——一样没问题？

近年来，人们面临的两个世界都发生了改变。一个是外部的世界，变得动荡而撕裂；另一个是我们每个人的内心世界，"emo（忧郁）"了、抑郁了、焦虑了。不确定性四处增长，因此很多人都跟负面情绪杠上了，甚至进一步发展成心理疾患。那我们该怎么办？

常有人说，健康就是"1"，你的事业、爱情、财富等都是后面的"0"。只要这个"1"在，后面的"0"越多，你的人生价值就越大。但是如果这个"1"不在了，一切都是"0"。所以，怎样保证我们前面的"1"是"1+1"：身体健康，心理也健康？这就是今天我带来的问题。我也会带来很多其他的问题，希望是大家关心的，也是我们应该关心的。但我不是解答者；解答者是中国积极心理学发起人，清华大学社会科学学院院长、教授——彭凯平。有请他。

彭：白老师好。

白：彭教授好。

你看，有数据，包括也有专家说：现在对于国人来说，每六七个人当中就有一个存在心理的疾患或者问题。它通常以童年、少年时期的孤独症，青壮年的焦虑症、抑郁症和老年的阿尔茨海默病为标志。今天我们主要面对年轻人，年轻人的心理问题到底是什么样的状况？

彭：根据世界卫生组织的报告，我们中国患有抑郁症的人数应该是 5400 万。最近因为一些特殊的原因，人数还在增加。北京大学医学院的心理疾病专家陆林院士认为，我国现在应该将近有 7000 万人患有抑郁症，增加的比例还是很高的。其中，年轻人的比例也是最高的，大概占 23%。这是世界卫生组织统计报告的数据。

白：一个数字，立即让大家感受到这是我们正在面对的一个现实。我相信很多年轻人都在关心这样一个问题：说到如此高的数据，那么心理问题究竟是一种负面的情绪，还是一种疾病？

彭：这是一个非常好的问题。心理学家愿意把这个问题分成两类，一类是情绪障碍，另一类就叫作精神疾病，两者是不太一样的。现在我们谈的数据还是情绪障碍，不是说有那么多的抑郁症患者，只是说有很多人有抑郁的这种障碍，有一些心理上的、行为上的、生理上的不适应。

白：您在学校里面对一拨又一拨的年轻人，铁打的营盘，流水的学生。与 20 年前相比，现在青年人的心理状况发生了什么样的变化？

彭：我曾经做过一项研究，发现有五个方面的变化比较大。

第一个是稳定性的变化。什么意思呢？以前的年轻人，说句实话，未来还是比较清晰的。我们从改革开放起就努力奋斗，相信生活会越来越好，工作会越来越好，甚至我们这一代人都不用担心工作——毕了业就会有单位分配。现在的年轻人，面临一个最大的问题，就是未来的不确定性。不知道将来会干什么，不知道未来的生活怎么样，不知道自己下一个工作是什么，不知道下一个对象是谁，甚至今后在哪儿结婚都不知道。有太多的不确定性，我觉得这是比较突出的地方。

第二个是传统保护网络的消失。以前在自己的城市、家乡，有自己的父母、亲戚、朋友。虽然不太自由——他们老盯着你看，对吧？但现在漂在大城市里，安全感有点缺失了。

第三个是攀比现象越来越多，这是一个很大的问题。以前你跟左邻右舍比，还算是不错的孩子；现在你跟那些虚拟世界的明星比——甚至其中很多是整过容的、化过妆的、吹过牛的、不真实的，难免会产生极大的落差。"同时代的人都在抛弃你"这种话，在以前是根本听不到的。曾经最多是隔壁的老二多赚到几毛钱，现在是人家的小山已经赚了一个亿。这也会让很多年轻人看不到希望。

第四个是个人主义倾向性的增加，人际关系确实在淡漠。很多调查研究的结果显示，在日常生活中，"我"这个字眼的使用频率超过了"我们"。20 年前中国人谈"我们"，现在谈"我"，甚至谈"寡人、孤家"。以前的 "孤家"指皇帝，现在年轻人就是自己心中的皇帝。只是这时候的"孤家寡人"，不再具有一统天下的含义，而是指向依靠自己的独立生活。

第五个就是我们现在经常谈到的内耗，也就是"内卷"。因为竞争，年轻人身上的压力也越来越大。

白：累。

彭：很累，因为要和其他人竞争同样的事情。

如何区分负面情绪和心理疾病？

白：我相信年轻人在关注"我"，也就是关注自己的时候，他马上就面临一个找不清界限的问题："我"有负面情绪了和"我"有抑郁症了，这个界限在哪儿？该怎么区分哪些表现只是负面情绪，哪些已经是心理疾病了？

彭：我觉得这是一个非常好的问题。我们现有的精神疾病的诊断标准来自美国。美国精神医学学会出版了《精神障碍诊断与统计手册》，其中对精神疾病的诊断标准，以及统计数据已经陈述得相当清楚。但是，我们中国人的心理状况与西方人还是不太一样。心理疾病的表现形式、表现频率、严重程度，与这本手册上的标准也存在很大的区别。我们的科学家也在努力编制基于国人心理状况的精神疾病诊断手册。

其实教育部有针对精神疾病的诊断标准，主要是一些自我报告的问题。我个人认为这些问题都很不准，为什么？因为牵涉一个非常大的挑战——自我报告。很多人的自我报告失真。因为我们都不知道自己有没有生病，是不是幸福。

中国文化有一个非常大的特点：我们不太擅长用"心理活动"来描述自己的心理活动，而是喜欢用一些表示行动的动词来呈现。不信的话，大家去读《红楼梦》，整部书里很少有"我觉得……"或者"我心情……"的表述，甚至连"我爱"都不说的，对吧？中国人以前都不说爱，而是以行动来表现爱：我对你微笑，我帮你的忙，我替你洗衣服。我们这代人都不是"谈情说爱"。

白：你得感觉到，而不是我说到了。

彭：对，是要通过行动做出来。

我曾经做过一项研究，发现我们中国的父母在孩子小的时候，教的都不是名词和形容词，大部分是动词。爸爸妈妈会教孩子什么？走、吃、别跑，都是这类行动。这就造成，我们中国人只要描述行动就特别厉害，但是不善于表达心情。《红楼梦》里也很少有对心情的描述，但是你在阅读体验中，一定能明白书中蕴含的真情实意。因为，中国人就是通过行动来表达情绪的。

白：我还得再追问一下，因为大家现在经常"emo"，或有负面的情绪，都非常担心自己形成抑郁症等心理疾患。那么，该怎样更加细致地观察自己：什么程度只是负面情绪？什么程度就可能是症状了——得去看医生了？

彭：第一，是不是经常感到孤独？我觉得这是一个初步的体现。是不是老觉得自己不愿意跟别人在一起？只想一个人待着，藏起来、躲起来、宅起来。

第二，是不是老觉得烦躁、紧张、恐惧？

第三，是不是经常吃不下饭？

第四，是不是睡不着觉？

第五，会不会不由自主地做一些自己都没有意识到的事情？比如：走到危险的地方，或者拿起刀来，一清醒才发现——我怎么在这儿，怎么要做这种事儿？

第六，有没有自杀的念头？

这是六个我简化的自我测试题目。只是根据我的研究和经验总结出来的，没有成为国家标准，更不是世界标准。但我觉得可以自测一下。

白：你看，一说到青少年的心理疾患或问题，就比较复杂。有抑郁，有焦虑，还有躁郁，等等。到底有哪些常见的表现形式？大家也好照照镜子，去观察自己和观察周边的人。

彭：首先，当下青少年最大的问题应该是焦虑障碍。焦虑障碍产生的原因多种多样，有学业的焦虑、关系的焦虑、生活的焦虑、莫名其妙的关于未来的焦虑，这些都比较多见。所以，焦虑症是一种高比例的心理问题、精神障碍。

其次是抑郁症。抑郁症也是比较突出的，只是相对焦虑要少一些。

再次是恐惧症。具体表现为莫名其妙的惊恐，其中比较常见的，是广泛性的恐惧——什么都害怕。另外，社交性的恐惧也比较多。如果一个人长时间地不敢出门、不敢做事、不敢与人打交道，一想到要跟白老师见面，就好几天睡不着觉、吃不下饭，手心儿出汗，心跳加快，见到你就当场晕倒，这肯定是恐惧的表现。

白：没事儿，旁边有彭教授，一治就好。

彭：对，我可以帮你做一些心理安抚。

还有一种我们中国人比较突出的恐惧症——关系恐惧，对亲子关系、亲密关系等各样关系的恐惧也比较多见。

总体来看，焦虑、抑郁、恐惧是三种比较突出的心理疾病。

白：我还要替年轻人问这样一个问题，也替大家解一下套儿：负面情绪虽然不受大家喜欢，但如果没有转化成病症，是不是又是人正常的情绪？

彭：太对了，是正常的情绪。

根据心理学的某些理念，我们现在所有的身心反应，都是经过几千万年进化所选择出来的竞争优势。换句话说，我们人类正因为有了这样的特点才活了下来。前方风吹草动，你立刻想到是虎狼出没，就可以保护自己逃掉、活下来；倘若你认为是瓜果落地，稀里糊涂、喜气洋洋地就落入虎口，你不就完蛋了吗？所以，千百万年之前，是那些具有负面情绪的人活了下来，并把这样的基因遗传给了我们——没有这样特点的人早就死了。有一些负面情绪看起来很不好，但其实它有进化的优势，比如紧张、焦虑：面对明天的考试，你一点焦虑都没有，肯定是考不好的。所以，负面情绪有时也有积极的意义。

太焦虑不行，没有焦虑也不行，所以要适度焦虑。关键是不能过度，不能过量，不能过长时间，不能影响到你的生活、工作。

白：以我个人的感受来说，因为我到现在还每周踢两场足球，在比赛之前也会紧张。但是后来因为一份报告，一下子就释然了。据这份报告显示，在运动，尤其是激烈性对抗之前，保有一定紧张的情绪，状态反而更好。因为你会因为紧张的情绪，去做热身等一系列准备，在赛中就更不容易受伤。恰恰在过于放松和疲劳的时候，受伤容易发生。

彭：对。还有一个很有意思的发现，就是那些对人类社会做出伟大贡献的人，其实大多经历过人生的黑暗时刻。什么意思？没有挫折，没有磨难，没有打击，没有痛苦，一般人很难产生那种非凡的哲学思想，所以说"愤怒出诗人，痛苦出哲学家"。

白：如果贝多芬没有在很年轻的时候就开始耳聋，他也许很难成为我们今天认识的大音乐家。在罗曼·罗兰的笔下，他就是一个抑郁症患者，因为从没有快乐过，所以总想要结束自己的生命。但是从另一方面来看，他又将全部的生命力专注到了自己的音乐创作中，从而贡献了巨大的艺术成就。因此，保有一定的负面情绪，不一定完全是负面的。

彭：对。千万不要因为有了这样的情绪，而产生更严重的负面情绪，这是我们心理学家希望传递的一个信息。不要因为抑郁，就觉得自己完蛋了；也不要因为痛苦，就认为自己一生都不会幸福了。

事实恰恰相反。我们发现，经历过抑郁的人，其实更能感受到幸福的价值；经历过嫉妒的情侣，更能感受到爱情的温暖。这是相辅相成的辩证思维。

白：不过，任何事情都有一个界限。刚给大家松完套儿，又要紧一下，为什么又要紧一下？抑郁、焦虑等作为一种症状和心理障碍，很多人在它们走进生活不长时间的时候，就觉得：既然这只是一种负面情绪，那我就扛吧。可是，扛着扛着，就扛成了心理疾病。那么，发展到什么程度就不能再扛下去，而应该去看心理医生了？

彭：我认为，如果将刚才所说的六个自测题目再行简化，那就是三个标准。第一，睡不着觉了。长期缺乏睡眠，对身心状态的伤害是非常致命的，所以大家千万要意识到睡眠的重要性。第二，吃不下饭了。如果总不吃饭的话，人肯定会完蛋的，而且会带来更多的身心障碍。第三，有了自杀的念头和尝试。这点非常重要。一旦出现这种情况，一定要去就医、问药，并进行精神疾病的诊断，那不是我们心理学家能够帮忙的。

"爱"是最重要的一服药

白：之前彭教授也关心过，他知道我也曾经抑郁过——我抑郁的时候，还没有"抑郁"一词。1992年我24岁，那是我的本命年，我印象非常深，甚至清晰地记得那天是丹麦夺冠。我熬了一夜，看完球之后还写了一篇文章，之后的晚上就再也睡不着了。这种失眠状况持续了大半年的时间，最后发展到一分钟都睡不着。大家可以想见，我当时的确是非常严重的睡眠障碍。

后来我就觉得整个世界都安静了下来，我听不到外界的声音，也拒绝了交流——即使跟女朋友面对面，我也只能在纸上偶尔写两句话。我还经常跑到宿舍旁、当时还没整治的小河沟边，思考各种糟糕的事情，比如结束生命的方法，等等。病来如山倒，病去如抽丝。当我绝望了之后，反而突然开始能睡一个小时，一个半小时，两个小时……

我也从来没有吃过安眠药，尽管我并不主张它，但在今天也心怀感谢。因为有一年的12月31日，我去看望季羡林老先生的时候，季老跟我说的头一句话是："我从二十多岁开始吃安眠药，你看我现在都九十多岁了。"就我个人来说，这让我从那时开始注重睡眠，注重其他很多因素，总算是走出了那段时光。这个过程非常长，在这里就不细说了。那时真的没有"抑郁症"这个概念，如果有，我早就去看医生了。

　　彭：我还是要特别感谢白老师，能够把这样痛苦的人生经历分享给年轻人。我们中国社会需要你这样的人，来告诉大家，抑郁症并不可怕，它不遗传、不传染，就是我们自己内心的一种感受。这种感受是可以纠正、克服的，也是可以痊愈的，甚至会产生更伟大的心理力量，令人做出与众不同的伟大业绩。所以，还是要再次感谢白老师。

　　白：在那段经历里，我要感谢当时即使面对面，还是需要用纸笔写字来跟我交流的女朋友——现在是我的夫人。我觉得爱的确是最重要的一服药。

　　其实每个人身边有爱的人很多。那么我要替身边的人问一下，比如在座的很多同学，他总在担心同宿舍的 A 或者 B 可能不再是负面情绪，而已经发展成心理疾患了，遇到这种情况该怎么办？尤其是一些家长，在遇到自己孩子开始出现睡不好觉、吃不好饭的状态，甚至不再交流了，等等。该怎么办？

　　彭：当我们关心和爱着的人出现了这样的苗头或症状，第一，一定要去交流和沟通。很多事情还是要了解清楚，出了什么事儿，需要什么关怀，我们可以帮忙做什么。很多同胞讳疾忌医，认为不好说、不想说、不愿说，但是沟通、交流还是特别重要的。

第二，如果有需要，一定要求医。我们也要做一下判断：如果是特别严重的症状，或者他的状态已经影响到了自身的生活，譬如长期不吃饭、不睡觉，精神躁狂——口出狂言，甚至打人骂人……长时间地难以与人正常相处，也做不了事情，我建议还是去看医生。

我们现在的医院里，有精神科大夫，也有心理医生。我们的大学和单位也都有心理诊断咨询室。国家已经规定：每3000人的区域，至少要有一个心理学工作者。其实并不一定需要这个工作者有多高的水平，他的存在本身就能起到积极的作用，这在心理学中叫作"霍桑效应"。不管做什么，只要你做了，本身就有意义。就像一个在黑暗中徘徊的人，只要前方有一点亮光，哪怕很微弱，也会给他希望。这个心理学工作者的价值，也正在于此。所以，我经常跟大家讲，千万不要以为必须有特别高的水平和极多的经验，就像彭老师、白老师这样的人，才能发挥心理医生的作用。其实，一个普通的心理学工作者，甚至爱好者都可以帮到你。

第三，我觉得陪伴特别重要。白老师刚才谈到了一个特别重要的心理疾病的保护机制，叫作"爱"。但千万不要以为这只是个概念，爱其实是一种身心反应。有一种神经化学递质叫oxytocin，被错误地翻译成了"催产素"，对吧？听起来像是生孩子的时候才会有，其实男人也有很多催产素——我们又不生孩子。所以，2005年瑞士苏黎世大学的一位心理学教授把它定义为"爱的激素"。当我们充满爱心的时候，会感到全身温暖、嗓子发紧，眼泪都有可能流出来，那就是"爱的激素"的作用。这种激素确实有特别好的心理安抚效果。那么，它在什么时候可以产生？陪伴就可以产生，拥抱就可以产生，握手就可以产生，微笑就可以产生，甚至一句通情达理的话，让人听了以后特别地温暖，觉得"你这么了解我"，都可以产生催产素。因此，陪伴也很重要，我们不一定非得去滔滔不绝地说教，就是陪着、坐着、握着手看着，可能效果都会更好。

白：说到求医，我们现在有有效的干预方式吗？需要吃药吗？能治愈吗？

彭：也要看这个疾病的来源形式、表现形式，还有严重程度。

我们知道，抑郁症、焦虑症也有内源性的，就是由自己的身心状况造成的，比如激素失调、内分泌失调等。这种来源形式的抑郁症或焦虑症，还是需要通过吃药缓解。有一种激素叫作"serotonin（血清素）"，它对人体的情绪振奋有特别大的帮助——有助于调整我们的激素水平和内分泌水平。

有一些不那么严重、并非内源性，而是反应性的疾病，是由于很难接受或理解一些突发事件而产生了心理问题。这种时候，解决那些现实的问题也可以帮助我们恢复情绪和心理上的健康。

还有一类是由一些短暂的身心反应造成的，比如产后抑郁症、学业焦虑症、关系恐惧症，等等。这些都可以通过心理干预进行治疗，不一定非得吃药。所以也得对症下药，因人看病。

白：能治愈吗？

彭：作为一个心理学家，我比较相信，人类的心理疾病一般是可以治愈的，除非是那种基因性的、病原性的、内源性的。这是我自己的看法。甚至说一句不恰当的话，很多人是自我痊愈：靠着自己坚定的信念和实际的行动得以痊愈。

白：比如说我。

彭：这就是一个典型嘛，对吧？

白：我那时当然是一种比较极端的情况。后来，我觉得爱是一种药，另外，我开始有事儿了。随着能睡一个小时、一个半小时之后，我恰恰有了新事儿——1993 年，《东方时空》要创办了。我的注意力发生了转移，我认为的确有这一积极因素在起作用。当然，整个过程非常漫长，直到 1994 年，我才慢慢好起来。

人哪，遇到问题之后，要自救。那么，自己是否有好的干预模式？比如，现在大家觉得跑步能分泌多巴胺，或者唱歌等这些活动是否都很有效？

彭：为什么会有效果呢？是因为我们人类经过几千万年的进化，产生了一个特别重要的身心反应机制，叫作"应激反应机制"。它是由身体的三个器官——下丘脑、垂体和肾上腺分泌压力激素引起的，这些压力激素必须通过行动才能化解。所以，只要通过行动，就能化解所有压力激素。什么行动？做你爱做的事情，做你做得好的事情，做你不得不做的事情，包括跑步、唱歌、跳舞、说话、沟通、洗衣服、欣赏艺术……所有这一切，只要做总比不做好。它们都有用的。

白：我坚持跑步快十年了，踢球就更漫长了。从跑步开始，我的确找到了让自己特别喜欢的状态。越是情绪不好，越是累极了——尤其是脑子累极了的时候，我越要去跑步。六七千米跑下来之后，我发现一切都没那么重要，就像服了一服药一样。因此，我曾经写过一首歌词叫《一跑就好》。其实，出发最重要。当你开始跑了一千米、两千米、三千米，就可以形成转化：由对生理上身体健康的帮助，转化为对内在的心理健康的帮助。

国内心理健康保护体系的发展现状

白: 说到自救,刚才您也主张,如果问题升级了、严重了就应该去找医生。那我们现有的心理医生,或者说用于精神治疗的医生是否足够? 一线城市没问题,二、三线城市是否就有点跟不上了? 现状怎么样?

彭: 我觉得,你抓住了我们中国社会心理健康保护体系一个很核心的问题。当前,我能够总结出来的现状就是:我们的心理医生严重不足,我们的心理知识完全缺乏,我们的心理教育落后于时代。

即便在大城市,心理医生的数量都不够。为什么呢? 大家可以想一想,自己认识哪些知名的心理医生吗? 就算有,你们也不知道。你们最多认识白老师、彭老师,因为我们经常出现在媒体里,呼吁大家关注这些问题。我也希望,通过我和白老师还有在座各位的共同努力,让我们中国的社会更关注心理健康、心理救助的工作。

白: 前不久,我刚看完一本书叫《救命啊》,它是由英国一位救护车上的急救员写的，里面有一段话对我的触动很深：这些年来，心理疾患引发的急救比例快速上涨，有自残的、吃药的、情绪激动的，等等。但是，我们整个社会的急救体系是根据生理疾患建立的，缺乏应对心理疾患的急救能力。

现实生活中，心理疾病患者出现了什么样的特殊情况，是需要急救的？

彭：如果出现了生理性的反应，比如心理问题造成的晕倒，或者出现了自杀的倾向，这种时候一定要急救。需要急救的一个特别重要的标志就是自杀，包括自杀的念头或尝试。

近年来，我们清华大学的心理学系就开设了一条心理援助热线。从 2020 年 1 月起，我们就开始了热线服务，总共接了3 万多个电话，其中紧急求救电话 398 个。紧急求救意味着什么？我们动用了当地的警察、医生一同将求助者救了下来。特别庆幸的是，凡是打电话的人，都活了下来。不是因为我们水平高，是因为只要拿起了电话，就说明他不想死。

我经常讲，我们一定要给所有需要心理关怀的人一个提醒：很多时候重要的就是那个第一步——第一个念头，第一个想法，第一个动作。想活下来，就一定要把它表达出来、做出来。只要你拿起电话，你就能活下来，因为我们能够给你希望、给你指导、给你力量。

这也是我们这样的公益节目的价值。很多人看了我们的节目，知道有一群人关心大家，帮助大家，可以告诉大家应该怎么做。这个信息就能救不少人的命。急救其实是我们最后的手段，预防应该是我们最初的步骤。

白：《救命啊》这本书里还有一句话：怎样为我们的内心贴上一枚创可贴？又在什么时候可以将它拿掉？的确，我们每个人都要面对自己外表平静,实际却可能翻江倒海的内心世界。
　　彭教授已经针对很多问题给了大家非常实用的解答，但是我觉得这也应该由我们整个社会去思考和解答。

"社恐"是病吗？

白：我们还是开门见山——继续替年轻人提问，或者应该说代年轻人向你请教。我觉得这一期应该更落地，更面对现实。
　　第一个问题，现在很多年轻人的内心是一座孤岛，"社交恐惧症"更是成了一个常见词。那么，"社恐"是一种心理疾患吗？

彭："社恐"存在程度不同的划分。如果只是简单的"社恐"，我们称为"害羞"。害羞不一定是心理疾病，可能是性格上的问题，也可能是环境上的问题。由于各种原因，有些年轻人长期不与人来往，一旦社交就会产生担忧、焦虑、紧张。当你真正和这样的人接触之后，可能会发现他的内心热情奔放，所以这就不是问题。

但是，另外一些"社恐"者可能会有严重的症状：害怕和别人说话、见面，只要想到要和别人说话、见面，就开始紧张，开始头晕、出汗、心跳加快，甚至出现强烈的肠胃痉挛反应，或者当即晕倒。这就叫作"社交恐惧"，这是真正的恐惧症。我们还是要把二者区分开。

绝大多数年轻朋友的"社恐"，都是没有社交经验造成的。

白：这又该怎么办？

彭：社交经验其实可以积累，我提供三种方法。当然方法不止三种，"三"呢，就比较容易让人记住。

第一个就是要有准备、有计划。其实社交就和演讲、上课发言一样，有准备就比没准备好。我要见的这个人是谁，我要说什么？你要了解他——他的兴趣是什么，经历是什么。然后找到你们的共同之处，因为这种话题聊起来轻松、容易。像是"我们是老乡，我们是同学，我们同样喜欢白老师"这样共同的经历，可以增加人和人之间的信任、舒适感、安全感。这是第一步，不打无准备之仗。

第二个是视觉想象。英文叫作"visualization"，具体什么意思？把即将面临的场景提前于头脑中过一遍。大家看那些跳水运动员、体操运动员，在比赛之前都要闭着眼睛，这是干什么？就是把自己完美的动作在脑海里再过一遍。这样，就容易将未知的场景具体化。所以，你可以先在脑海里想一想，当我见到这个人的时候，我会怎样笑、怎样说话、怎样站位、怎样摆手？其实这样过一遍，也相当于一场"准备"。只不过，刚才是具体信息的准备，现在是心理层面的准备。

第三个就是一定要从容易的事情做起。像家长、老师、同学、医生、工作上的伙伴以及其他可信任的人，从这些可以为自己提供帮助的特殊身份的人开始练手，你慢慢地就可以练好。不要从最难接触的人开始，比如校花——你想追她。一旦不如己愿，产生的打击太大了，对吧？她理都不理你。

白：是对校花打击太大吗？

彭：不不不，是对你的打击太大。校花也许根本注意不到，而你注意到了。因此一定要从信任的、舒适的、容易沟通的人开始社交，你的生活中也肯定有这样的人。你会发现，有些人就是热情洋溢，他们是天生的心理咨询师。所以，要从这些人开始逐渐地培养社交经验。

这是克服社交恐惧的三个简单步骤，一步一步来。

白： 其实，每个人都会对社交有着或多或少的恐惧。就像我第一次与彭教授见面，对方又是赫赫有名的心理学家，怎么办？我要查看很多很多有关彭教授的资料，自己一下午列出了二十多个问题，再经过整理，然后发给彭教授，还要等待彭教授给出的回馈……

打消我社交恐惧更重要的一点，在于我产生了巨大的好奇。因为在看完很多资料、有了诸多准备之后，你会想从他这儿获得答案。这时候，你的注意力就会发生转移，不再关注社交的问题。提完问题之后，你专注于听他的答案，这本身也是一种改变。

所以，"不打无准备之仗"非常重要。要是什么都不准备，我将会越来越"社恐"。因为不准备就会出现很多的问题，受到的打击也会越来越多，由此产生越来越多的恐惧。

上期节目中，有位同学问"如何恋爱"，我发现这其实是大问题。在我跟学生交流的时候，经常出现这样的状况——一旦我不说话了，话茬儿"咣当"就会掉到地上。晚上吃饭的时候，年轻人都不愿意挑起话头。我就逗他们："你们是不是在手机上都特会谈恋爱，一到面对面就不知道说什么了？"你猜学生怎么说？他说："白老师，你怎么知道的？"

后来，我了解到这在年轻人当中是一个相当普遍的现象。

那么，不会"爱"该怎么办呢？

彭：在手机上会谈恋爱，在生活中不会谈恋爱，是高智商、高学历人群的一个通病。为什么呢？因为这些人的言语表达、语文能力比较强。人类进化过程中出现了一个问题，就是我们越来越依靠书面语言。以前，我们凭借行动以及触觉、动觉等各种感觉，产生了知识；现在，我们全靠视觉，而且全靠文字，所以造成了一种对文字较有自信的倾向。

特别是在座的大学生，有过不错的高考语文成绩，所以对语言的编辑运用都特别厉害，但是让其亲口说出来，又不行。这就是口语表达的能力不足，我们训练出来的孩子不会说话，这是很大的问题。大家一定要向荀子学习——言行并重者，"国宝也"。一定要学会表达、沟通、交流，这样你就有信心，愿意去说话。

还有一个很重要的原因：现实中越来越多的年轻人生活在自己的"孤岛"之中，锻炼人际交往能力的机会越来越少。不像以前，我们必须在一起吃喝玩，对吧？以前没有电视，没有手机，没有网络游戏，那么办？你可以跟大家在一起，进行各种各样的活动，有很多面对面沟通交流的机会。对于现在的孩子，这样的机会不多了，因为他们的生活完全被虚拟空间所占领。这是年轻人在现实生活中不会"爱"的非常重要的原因之一，是现代的"病"，不是人类一直就有的"病"。

　　白：还得用上次谈到的"恋爱三 C 原则"——接触（contact）、沟通（communicate）、文化价值观相同（cultural values），去改变它。

　　彭：是的，可以改变。

　　白：在互联网时代，其实有很多问题是没法用互联网解决的。接下来的手机时代，手机又像一个手铐，"咔"就把人给铐上了——上瘾。有人会说："我刷一下朋友圈吧，我看一下短视频吧，20 分钟之后就睡觉。"等他刷完、看完、要睡觉的时候，两个多小时都过去了。上瘾，会慢慢变成心理疾患吗？

　　彭：可以的。瘾，代表欲望，体现在生理上是多巴胺的分泌。多巴胺让我们暂时产生快乐，但是有个问题：要依靠比较强大的刺激量，我们才能够有满足的感觉。一开始，可能你看 5 分钟短视频就很开心；后来发现不够了，你得分泌更多的多巴胺。那怎么办呢？加大刷手机的量，但是当你习惯之后，又不行了，只能以更大的强度刷手机。在经济学上这叫作"路径依赖"：一旦选择了某条路径，惯性的力量会让该选择不断自我强化，无法轻易离开。

　　上瘾其实就是多巴胺分泌过度，分泌过度造成多巴胺依赖，就会产生各种各样的心理问题。所以说一定要有意志力，一定要有转移的方法，让你慢慢剥离这种上瘾的依赖症。

白：2019 年，《三联生活周刊》有一篇封面文章，其实就是讲上瘾。里头有一个重要的解释，我觉得大家应该记住：你所有的瘾，其实都是软件背后的工程师制造的。比如大数据对你习惯的了解，还有不经你选择的、一个接一个的海量自动推送，等等。电子产品的瘾是早已经被设定的，对此，我们要有所警觉。

如何应对原生家庭带来的心理问题?

白：我带了很多年的研究生，一直在跟年轻人打交道，其中来自离异家庭的孩子比例非常高。我发现有一个问题几乎从来没人谈：但凡父母离异，都会给孩子造成很大的内心创伤，只是平时他们都给自己胡乱贴上"创可贴"，就掩饰过去了。随着我们朝夕相处，总在一块儿交流，感情逐渐加深，我发现他们呈现出来的负面情绪比我想象的激烈得多，内心的创伤也严重得多。

我相信在场和在线的很多朋友也会遇到这样的情况，毕竟有那么高的离婚率。这种父母离异的情况应该怎样面对，需要干预吗？

彭：我觉得这个问题比我们想象的复杂。心理学家认为不是离异本身，而是父母在离异过程中的一些行为表现，对孩子造成了伤害，使孩子产生了心理问题。

现在，全世界的离婚率都很高了。美国达到了50%，一半的家庭是离婚的；欧洲国家的离婚率也特别高。特别是在妇女地位相对较高、居民生活较为富裕的地方，这种情况更加明显。单亲家庭、离异家庭越来越多，已经成为全球化的趋势。但是，你看北欧国家的那些总统、总理，女国防部部长，都是离异家庭的后代，说明什么？说明离异家庭不会成为一种原始的诅咒，让你永远走不出来：离异家庭也能培养出优秀的人才，单亲家庭的孩子也可能拥有幸福的人生。

离异本身不会带来阴影，往往是父母在离异过程中的行为、言谈、冲突、打击、侮辱等负面人生体验，才给孩子造成了伤害。在我们国家，离异往往是婚姻中长期的怨恨、挫折、磨难所导致的结果。换句话说，如果父母的生活不幸福，婚姻不美满，应该允许他们离异。为什么？因为离异之后产生的快乐、幸福的感受和情绪，对孩子是有积极作用的。我们的父母在离异过程中，应该和平、友好、互相尊重，充分考虑下一代的感受，不要成天打、骂、哭、闹。

白：甚至变成一场公共战争，那就很麻烦。

彭：对，把孩子的爷爷奶奶请过来，甚至把媒体牵扯进来，这就没有必要。为了下一代，尽量和平地、理性地分手。

另外，孩子也要逐渐理解父母离异的原因，明白他们的问题出在什么地方，你就不会陷入同样的陷阱。我比较相信成长性思维：在你自己的人生历程中，你的恋爱、婚姻，你所建立的亲密关系，其实能够重塑你对父母关系的理解和感受。通过新的爱去弥补过去爱的匮乏，是一个很好的心理疗愈的过程。

所有出现心理问题的离异家庭子女，其实都是因为没有找到科学的方法，没有遇到正确的指导。依靠有经验、有爱心的老师或长辈的帮助，他们肯定可以走出来。作为一个心理学工作者，我还是想强调一点：我们不要责怪离异，需要责怪的，是离异过程中错误的方法、错误的时间和错误的地点。

白：还有一个问题。即使父母没有离异，很多年轻人跟父母打交道，也是一件很累很沉重的事情，甚至由此产生了心理问题，这该怎么办？

彭：这是一个特别好的问题。我们的心理援助热线，意外地发现有 30% 的电话不是为了阻止自己自杀，而是和孩子抱怨自己的父母有很大的关系。基本上中学生打来的电话都是说："我妈妈有病，她应该去心理咨询，不是我有病。"然后开始诉苦，直到讲完才可能心情好一些。

我觉得，与父母的关系，是我们中国人心中的一个痛，为什么？因为我们爱他们，所以会对他们抱有一些美好的期望。而这些期望又往往得不到满足，或者说父母理解的与我们期待的存在很多不同，这就造成很大的落差。与名人比，与圣人比，与成功人士比，父母可能空有家长的光环，其实名不副实。

所以，我们首先需要做的，就是认清这一点。我们的很多年轻人，容易把父母当作心目中的英雄和偶像，结果可能会令你失望。实话说，我们的父母并没有达到我们理想的境界，他们和我们一样，也是平凡的人。如果不是我们对于父母有过高的期待，可能会更多地依靠自己，掌握更多人生的自主权。

其次，就是一定要有界限：父母和孩子之间的边界应该非常明确。中国父母的问题之一，就是喜欢把孩子作为自己的延伸，作为自己的一部分，对吧？我打孩子就相当于打我自己，别人管不着。可是，这是两码事啊！你打自己，自己疼；你打孩子，孩子疼。这不是一回事。

该怎么做呢？我觉得孩子可以告诉父母："我就是我，你就是你。我爱你，我尊重你，但是我的欲望、我的追求、我的感受也确实需要被看见、被理解。"这一点还是要说清楚、讲明白。老师要说，我们心理学工作者要说，媒体人也要说。因为媒体是开发群智的特别重要的工具和手段。这样的信息应该传递开来：亲子之间要有边界感，不能无限制地合在一起。

最后，一定要在和父母的相处中找到快乐、积极、幸福的方面。换句话说，多关注优点，少关注缺点。人生的不幸、不满、不足是常态，怎么办呢？就得有意地多去发现那些让我们开心的事情，多去想想父母为我们带来的快乐，以及自己和父母在一起的幸福时光，慢慢地淡化、改造、重塑那些原生家庭造成的伤害。以发展的、进步的、全局的眼光，再加上刚才所说那种幸福的、带有浪漫色彩的眼光，可能对亲子关系的改善有很大帮助。

白： 在我自己的孩子长大的过程中，我的确连一个手指头都没打过他。不是为别的，是因为从他一出生，我就给自己立了一个原则：他是和我一样平等的人，不管他是 1 岁，还是 5 岁，还是现在的 25 岁，他和我都是平等的。我没有权利只因为生理原因——我当了父亲，就可以控制他，或者凌驾于他之上。这是第一，从骨子里，我们要把孩子当成平等的人。

第二，尽量少说"我这是为你好"。我觉得应该多问"你觉得怎么样才好",当父母的,应该多聆听。

第三,不要怕暴露自己的缺点。我一直认为缺陷是完美的重要组成部分,不要在孩子面前去"扮演"一个父亲,或者"扮演"一个母亲,而应该是自然和松弛的。亲密关系也好,亲子关系也好,最好的状态,就是"喜欢你的优点,接纳你的缺点"。这样的家庭环境和氛围令人松弛,愿意回家。

在家庭中,父母与孩子最好的关系,就是孩子愿意跟你说话,孩子愿意回家。为了做到这一点,父母是一个要终身学习的行当。现在的孩子们都够累的了,咱们别再给人添"累"了。这个算我唠叨一下。

彭: 讲得太好了,非常的生动、具体。

白: 我觉得这是该有的"爹味"。

缓解"emo"的积极心理操

白: 好了,继续我们的下一个话题。我记得上期节目一开场,我就介绍了彭教授是中国积极心理学的发起人。那么,这么"emo"、这么抑郁、这么焦虑、这么大的压力，我们也希望可以运用积极心理学来面对这些问题。但该从哪儿做起呢？有心理积极操可以做吗？

彭：有。按照积极心理学的本质含义，用最核心的话语来概括，就是"行动"。所以，"积极"应该是一个动词，而不是形容词，更不是名词——一个抽象的概念。虽然它是一个学术概念，在 1997 年由美国心理学家马丁·塞利格曼教授提出，但是他提倡的实际上是一种积极的生活方式和行动方式。所谓的心理积极操，也就是积极的行动方法。

根据我们中国文化的特色，也根据积极心理学研究的结论，我总结出了"八正法"。

白：就是心理八段锦。

彭：对。一共有八个方法，其实很简单。

第一个方法，平稳呼吸。当你心情不舒服的时候，你愤懑、抑郁、焦虑、紧张、恐惧的时候，最简单的方法就是深深地吸口气，把空气吸进来。

它为什么有作用呢？我们现在发现有两个原因。第一个就是鼻子后头有一个杏仁核，是人类的负面信息加工中心。我们烦躁的时候，杏仁核会充血、温度上升，这时把凉气吸进来，可以物理地降低杏仁核的温度。这是密歇根大学的一位心理学教授肯特·贝里奇提出来的。为什么在山上推开窗户，一股清爽的山风飘过来，会让你特别舒服？就是因为杏仁核温度下降。没有山风，往鼻子里头吸点凉气效果也差不多——要慢慢地吸气。因此我经常讲，凡是紧张、恐惧、要发脾气的时候，给自己三分钟的喘息，把凉气吸进来，淡定下来。

还有一个很重要的原因：人类的交感神经系统是自主神经系统，它会不由自主地行动，让人亢奋，我们就会变得兴奋、暴躁，想要大喊大叫。反其道而行，就要把我们的呼吸加深、放慢，尤其要把这个气慢慢呼出去。这会刺激副交感神经系统，它让我们淡定从容，不急不躁，不怨不恨。

白：难怪我们中国人说"吐故纳新"，把"事故"吐出去，把新的好心情吸进来。

彭：你看，这里面都有传统文化的伟大智慧，不过我们现在终于知道它的科学道理了，对吧？

第二个方法，也跟嗅觉有关，叫"闻香"。由于杏仁核是人类的负面信息加工中心，而香气的进入可以让它产生愉悦的感觉，所以中国古代有个说法叫"君子配香"。就是因为，香气可以让自己心情变好，保持正面、积极的状态。同理，心情不好的时候，洗个澡、换件衣服，你会发现也特别舒服。

第三条是倾诉——只要说话就行，甚至有时自言自语都是有作用的。找人聊天儿也行，但不能是三言两语，应该是三十分钟的深度交流。如果有一个人能听你闲聊三十分钟，祝贺你，这就是你最好的心理医生。

第四个方法，行动。找件事儿做，做什么不重要，打球、唱歌、跳舞、听音乐……凡是心情不好的时候，最好的调节方法就是让自己投入某件事中，转移自己的注意力。最好能让你沉浸其中，创造出物我两忘、如痴如醉、酣畅淋漓的快乐。

第五个是正念训练——把自己的意念集中在某一个地方。我们中国人说的"气沉丹田"，其实就是讲意守一处，具体什么地方不重要。太极拳讲把意念集中在双掌之间，像一个火球一样，其实就是守住那个地方，这时候你就会慢慢地安定下来。

第六，写作。写一写，可以把自己负面的心情倾诉出去。有自杀倾向的人可以写一下自己为什么要自杀，结果一分析就发现没必要了，对吧？就像歌德写了《少年维特之烦恼》，他就不自杀了。很多少男少女看了《少年维特之烦恼》，不去写读后感来发泄情绪，结果就产生了"维特效应"——不少人效仿维特殉情，导致自杀率骤升。所以说写作也是很有作用的。

第七，自我抚触。可以抚摩、按压膻中穴——中医认为这是负面情绪淤积的地方，或者自己揉肚子也行。我们以前总以为吃撑了的时候才需要揉肚子，现在发现肠胃中有特别丰富的情感神经系统，也是我们的自主神经系统之一，而且和负责情绪加工的杏仁核有联系。实在不好意思摸肚子，鼓掌也行，为什么鼓掌能让我们开心呢？因为掌心的触觉细胞特别丰富，抚摸自己的掌心、热烈鼓掌、捶胸顿足都是化解负面情绪的方法。你看那种战争的场面，两军对垒时，对方的士兵冲过来，我们的战士怎么办？都在呐喊，都在跺脚，都在捶胸，对吧？这也是一种情绪调节。

第八，幽默的态度对于身心健康也很有效果。林语堂先生把humor翻译成"幽默"，为什么？要幽幽地想，默默地笑。幽默不同于"搞笑"，它需要一种智慧和会心，所以更容易产生长久的情绪调节作用。有个幽默的段子：一个孩子历史考试交白卷，老师问他为什么，小朋友说了一句特别诚恳的话："我怕篡改历史。"是不是这种幽默地相视一笑，也胜却人间无数？

总而言之，有很多简单的心理学方法能够帮助我们克服暂时的郁闷，让大家放下心事儿、逐渐走出来。

白：无论是心理操，还是其他办法，当你遭遇负面情绪，甚至已经演化到更加糟糕的疾患性质，解决的核心就是"动"——开始行动。因为我们是"动"物，对吗？最怕的就是停止行动。

彭：躲起来、藏起来、宅起来，这就是危险的信号。要动起来。

白：情绪不好的时候，去找一件事儿做非常重要。心理学书籍当中有个案例：一个父亲遭受了巨大的打击，很久都走不出来。有一天，他的小儿子拿了一个玩具，说："爸爸帮我组装起来。"尽管他处在万念俱灰当中，依然很难拒绝孩子的要求。他用了两三个小时，组装好这个复杂的玩具，然后突然意识到：这是这些天来仅有的没有痛苦的两三个小时。所以说，要行动。

现在很多年轻人，你发现他什么都会，干什么都挺棒，但是不太会快乐，不太会幸福。年轻人怎么才能快乐起来呢？

彭：刚才的"八正法"可以调节负面的情绪。但是光没有负面情绪还不够，还得产生积极的、快乐的情绪。这方法就更多了，我总结出了"五施法"。

第一个是"颜施"，就是要舍得把笑脸给出来。有人说"我天生不会笑"，这是错误的。人人天生都会笑，为什么这么说？就是双目失明的盲童，生下来什么都看不见，因此没有模仿别人笑脸的能力。但是我们意外地发现，他出生之后四个星期就会自发地笑出来，所以笑是不用学的。不笑反而是后天的原因。

一个人不笑，要么就是装出来的，要么就是生活压力太大被逼出来的。

有一种笑脸叫作迪香式的微笑。你把嘴角扬起来，牙齿露出来，颧骨和眼睑提高，眼角肌收缩起来，就会出现迪香式的微笑。这种笑脸特别容易让人开心，而且特别有感染力，人见人爱，人见人喜。大家回家可以做一个小小的练习，就是把牙刷放在嘴里，不要用嘴唇抿着，要用牙齿咬住，对着镜子傻笑5分钟，保证一会儿就笑出来。这叫作面部肌肉反馈，有科学家证明这一点。

第二个是"身施"。身体要动起来。刚才白老师讲得特别清楚，人类作为动物，不光生命在于运动，幸福也在于行动。一定要舍得动，只要动起来就行。从这个意义上来讲，为什么我反对"躺平"呢？因为你不动，压力激素就化解不了，久而久之就会产生重大的问题。

第三个是"言施"。因为人类是唯一会说语言的生物，这是我们的优势。一定要舍得用，要舍得把语言讲出来。多交流、多沟通，闲聊也挺开心的。但沟通的时候要注意，别聊那些有标准答案的问题，为什么？万一别人说"你错了"，对你的打击会特别大。要聊那些没有标准答案的问题。哪些问题没有标准答案？幸福没有，智慧没有，爱情没有。所以我经常讲，一定要聊那些无限的问题，不要聊那些有限的问题。有限就是有限度、有标准，比如学术问题对吧？聊着聊着，总有人就杠起来了。

第四个是"眼施"。什么意思？就是我们中国人讲的慧眼禅心：一定要用心去看，很多时候我们用肉眼去看，其实是视而不见的。这也是1981年诺贝尔生理学、医学奖的两个获得者的发现。人类的视觉系统，除了肉眼之外，更重要的是心眼，心眼是什么？脑前额叶。你用心看了，才能真正看得见。今晚回家，你就在自己熟悉的家里、宿舍里去找，有没有你以前没注意到的一些事儿？当你这样做的时候，就会有一些特别开心的感受：以前没注意到的季节变化、朋友的礼物、别人的微笑、亲人换了新衣服，等等。这些小的事情以前没注意，现在注意到了，你就会发现生活不重复、不单调，这叫"慧眼禅心"。"眼施"也就是指我们要用心去欣赏身边那些小确幸的事情。

第五个就是"心施"。这是我很提倡的一个概念，也叫"福流"，英文叫作flow。当你做一件事情，能够沉浸其中，物我两忘——忘掉时间，忘掉空间，忘掉自我，特别地投入，特别地开心。这就是福流体验。每个人都有自己的福流体验，比如老师讲课的时候，讲到澎湃处就会有福流。这种忘我的投入就是我们中国人讲的身心合一。所以，一定要做这样沉浸其中、身心合一、可以体验到福流的事情，这样的事情越多，我们的幸福感就越高。

总之有很多的方法，关键在于尝试和行动。

白：我带一届学生两年，最后一堂课是去我们家上。这天的课，讲什么呢？讲"趣味"。我说："我们中国的教育，早已为你做好了有关成功的各种各样的准备，但是很少教你遇到挫折、遇到失败、遇到沮丧的时候，应该怎么办。"因此，最后这堂课要从音乐、喝茶等方面，带学生领会生活中各种各样的"趣味"。

只要你的趣味足够丰富，你就可以应对将来人生路上的很多无聊、无趣、打击、沮丧，甚至失败。趣味和爱好都跟彭教授提到的这几个"施"有关，当你有了自己的爱好，你沉浸其中，会感受到"心施"的快乐，即便是养鸽子的人，都开心"死"了。人生中很多快乐的事是那些看似没多大意义的事情，但是那才是真快乐。所以，我觉得要有趣味。

感情需要面对面地沟通和表达

白：还有一个非常现实的问题，在最近的三年里，同学们的学习和生活都发生了很大的变化，在此从心理层面上，彭教授特别想对年轻人说些什么？

彭：学生们受到的冲击还是非常大的，我们完全改变了学习的方法。以前在教室里、课堂上，面对面地交流和互动；现在完全在线上进行学习——这种方式在我们人类历史上是没有的。而且社交的距离，行动的不便，使得朋友之间总是见不到面。

另外，长期的居家，也使得家庭冲突加剧。我们见到很多学生的抱怨：以前觉得自己的父母亲很好，现在觉得他们很烦，尤其烦父母总是跟在自己后面看管我做作业。这都是年轻人经历的生活方式、学习方式、工作方式的变化。

清华大学也在今年迎来了第一批完全在线上读完高中的大学生。作为院长，我去了解他们，和他们交流，发现他们确实存在一些问题。第一，不太会说话了。为什么？因为这批孩子长久地没有和同学、朋友在一起的社会活动，都是通过网上留言进行交流。他们经常有事不跟我当面讲，"院长，我回去跟你说"。然后给我发来长长的邮件。我说："你刚才跟我说，我还有机会听；现在再给我发邮件，我都没时间看了。"

很多感情，一定要通过面对面地沟通才能够表达出来。因为人类的表达，有50％以上的信息来自非言语沟通。甚至有科学家发现，人类真正通过文字传达的意义，只占7％，其他都靠说话的语调、语速、语气、场景和非言语沟通。长时间缺乏面对面的交流，使很多孩子的沟通能力下降，也可能造成他们未来社交能力的风险和团队合作的困境。

第二，很多同学没有主动学习的精神。因为他有没有在网上听课，老师不知道，对吧？如果在课堂上睡着了，老师可以走过来敲醒他。像我讲课的时候，可能有几百个学生同时在线，我都不知道他们在不在、听不听，有什么反应。我完全无法进行直接的干预，学生也没有了学习氛围的推动。因此，学习无动力也是一个很大的问题。

第三，生活的意义是什么？以前除了学习之外，学生们还可以听讲座，可以郊游，可以谈情说爱，可以做很多的事情。近些年由于各种特殊的原因，孩子们不好做、做不到，这就有点麻烦，由此对生命的价值和意义理解起来也会出现问题。

白：刚才彭老师所说的这些问题，需要家长、老师，乃至社会的方方面面去进行很好的干预，让年轻人可以不留下心理上的后遗症，度过这段时光。

最后一个问题，如果想让所有的年轻人每天做三件事，让自己更开心、更积极、更有行动力，您会提什么样的建议？

彭：第一件事情就是一定要舍得动。能走路就走路，能骑车就骑车，能运动就去运动，总而言之，要让自己的身体动起来。

第二件事情是一定要做善事。给陌生的人一个微笑，向需要帮助的人伸出一只援手，或者给自己的亲人一点爱、一个拥抱、一个飞吻。总而言之，就是要对他人好，做一件善良的、利他的事情，不需要交换，不需要功利，不需要别人的表扬。

第三件事情就是要体会到新的收获。晚上可以想一想，今天我有什么新的发现，我遇到了什么新的人，我说了什么新的话，我读了什么新的书，永远在生活中找到一些让自己感到与前一天不同的事物。

这三件事情，应该能够让你保持一种积极快乐的心理状态。

白： 如果让我也加一个建议，我想应该是尽可能地向身边人展现自己的爱。这两三年里，我养了一只猫，身边的很多人也都养着猫或狗。大家知道令我感慨最深的一件事是什么吗？我们生活中的每个人，都缺很多东西：有的人缺房子，有的人缺钱，有的人缺工作……但是当你养猫、养狗的时候，会发现自己原来有这么多、如此富裕的爱。

我们很容易犯的一个错误，是对身边的人苛刻，对远处的人友爱。实际上，我们可以将它扭过来，对远处的人当然要继续友爱，但首先要将自己的爱传递给身边的人。

我常说一句话：世界这么大，跟你没什么关系；但是这个世界好与不好，是由你身边的人决定的。所以，不要怕吃亏，也不要怕受挫，当你真正爱身边人的时候，周边环境也会慢慢地给你正向的反馈，整个世界就会悄悄地变得令人开心、快乐和幸福了。祝大家开心。

2022 年 10 月 31 日

"刘擎

自我的谜题"

>>> 做一个清醒的现代人，它的要求是很高很高的。我们并不能
做到彻底清醒，而总是走在通向"成为一个清醒的现代人"
的路上。

抖音扫码
收看精彩瞬间

刘　擎

华东师范大学特聘教授,

政治系博士生导师,兼任世界政治研究中心主任。

著有《悬而未决的时刻》《刘擎西方现代思想讲义》等。

　　我今年五十八岁。二十岁，距离现在已经过去了三十八年。回忆起那段青春年华，我总会若有所思。如果我能够回到二十岁，我会对自己说："不要着急。梦想可能改变，却不会消失，未来的道路也会慢慢清晰起来。"

　　二十岁的人可能都有一些共同点，就是对未来有热切的向往，但同时呢，又有迷茫、不安。他们特别关心"自我"的问题，但"自我"的问题，又不仅仅关于自我，而是关于自我跟自己，自我跟他人，自我跟整个社会。

　　大家不要着急。慢慢地，自己会澄清自己，未来的道路也会变得清晰起来。今天，就让五十八岁的我和二十岁的你们，一起交流，一起筑梦。

为什么要关心哲学？

　　所谓哲学问题，不是一些道理、理论、概念，它是要跟生命的实践联系在一起的。第一个，为什么我们要关心哲学？"Why"的问题。因为关心哲学是很奇怪的事情，哲学能给我们答案吗？好多时候，我被人误称为人生导师。我不是。我再次断然拒绝这样一个称呼，我从来不是这样一个人。谁如果自称对人生的问题或者世界上更多的问题有答案，那他是在冒充先知。我绝对不是，我在和大家一起探索。

　　我们知道苏格拉底说过一句经典的话："未经省察的人生是不值得过的。"这句话很迷人，到底是什么意思呢？英国哲学家约翰·穆勒说："这样思考人会幸福吗？人会很快乐吗？其实未必。但是这样会使我们成为更充分意义上的人。"也就是说，如果我们完全不反省自己的生活，我们就和猫猫狗狗差不多了。

　　有人会说"猫猫狗狗很可爱啊"。对，大自然已经造出了很多猫猫狗狗，它们的确都很可爱，但是碰巧，幸运或不幸地，你被造成一个人。作为一个人，你在精神结构上就是有思想、有意识、有所谓"灵魂"的。于是，你必然会进入一种对"自我"进行思考、反省的精神状态。只不过，对于这种与生俱来的精神状态，有的人是不自知的，有的人是非常自觉的，这二者就是所谓"浑浑噩噩的人生"和"更值得过的人生"之间的区别。

我想这大概也是苏格拉底的意思：作为一个人，让我们充分地发挥作为人的潜在的精神能力。我们只能在这个意义上成为更丰富、更好的人，过一种值得过的生活。

但是这并没有解释清楚所有的问题。还有另外一句名言，出自"苹果"的 CEO 乔布斯："我愿意用所有的科技成果，去换取和苏格拉底相处的一个下午。"

你相信吗？我开始有一点怀疑。因为苏格拉底还有一句话特别有意思："在重大的问题上，我一无所知。"看吧，你要跟他谈什么？他说人生有许多问题需要思考，你花一个下午和他交谈，谈到最重要的问题他都一无所知。

那么，为什么还要关心哲学呢？哲学可以给我们答案吗？有的时候它好像给出了一个答案，但是这个答案并不会把问题关闭起来。它好像解决了你暂时的一个疑问，但会引向更多的、更大的、更深刻的问题，它是连绵不绝的。这才是苏格拉底的本意。

而且他说"我在重大的问题上一无所知"，他真的那么无知吗？从字面意义上看，他是很谦逊的，也是很诚恳的。但是，他首先知道什么是"重大的问题"，他也知道"自己不知道哪些问题"。而最大的无知是什么呢？最大的无知就是不知道"自己不知道什么"。

所以大家去阅读，有些书是让你知道"你知道什么"，还有一些书，特别是哲学的读物，是让你知道"自己还不知道什么"。

　　说了这么多，关心的问题是：我们如何去过一个经由反省的人生？哲学能够帮助我们什么？

　　我自己是从什么时候开始关心哲学的呢？回想起来，大概是十岁、十一岁的时候。有一次，老师在课堂上讲"盲人摸象"的寓言，问大家有什么认识。很多同学发言说，这盲人多傻呀，他只摸到了象的腿，就认为大象是一个柱子。然后老师问我，我说："这个故事是编造的，盲人不会犯这样的错误。"

　　我是认识失明的朋友的，我跟他们接触的时候，他们都非常谦卑地说："我看不见。"每个盲人都不会犯"盲人摸象"的错误，因为他们知道自己是盲人，他们知道自己通过触觉感知的世界是局部的。

　　反而是我们这些自以为是明眼人的人，才会犯所谓"盲人摸象"的错误。我们认为自己看到的世界、自己掌握的知识就是自明的、全局的、没有偏差的。所以，"盲人摸象"这个故事，它要警告的并不是盲人，而是我们这些自以为没有盲区、意识、感知非常健全的人。

　　要克服"盲人摸象"这种以偏概全的错误，我们需要的恰恰是盲人那种自觉的意识：我自己是有限的；我需要通过和别人的交谈以及相互的支持，才能获得更加全面的对世界的认识，和对自己的认识；而且这个"全面"不是终局的，它是一直不断扩展的。你要警醒到自己的立足点，这个立足点只是暂时有效，永远不是终点——这是一个哲学意识。

那么在今天，大家为什么要关心哲学呢？是因为我们在现代社会生活特别麻烦。现代生活和传统生活有什么区别？有一个最大的区别——特别是在今天——没有一个地区的生活是纯粹地方性的。以前在传统社会，人们生活在一个村庄里、一个小县城里，生活是自足的，相互打交道的人是熟悉的，衣食住行所用都是来自本地的，人们的观念也是来自本地的，所以它是一个地方性的生活。

地方性的生活有什么好处呢？熟悉，可预测，可把握，非常容易了解。可能影响你整个生活的变量也就十几个，你自己大概知道五六个，其他的那些跟周围的人交流一下，差不多就有了把握。

而现在的生活具有高度的流动性，我们的生活已经跟本地之外的区域，发生了越来越密切的千丝万缕的联系，影响你生活的变量变得非常复杂，其中有一些是很大很遥远的，是你不熟悉的，一知半解的。

这就是现代生活给我们造成的一个困境。现在的生活要求你跟一个更广阔的世界联系在一起，你要跟不同的人打交道，这种生活迫使你开始追问、反省我自己的生活是怎么回事。

以前传统的生活中，哲学性的问题是容易避免的，你可以就事论事地谈论你自己的生活，而现在不一样了。比如说，你在一个手机加工厂做一个工程师或者一个工人，可能这个行业突然就停产了，或者它的销量没有像以往那样高速地增长，会影响到你的收入或者职位。你会想：这到底是怎么回事？继而又想：世界怎么回事？我自己怎么回事？

在传统社会里，人的社会化过程比较稳定，中年以后，生活和心态也比较稳定，四十就不惑了。可是现在，我快六十岁了，仍然处在很多的困惑和迷茫当中。

做一个清醒的现代人，它的要求是很高很高的。我们并不能做到彻底清醒，而总是走在通向"成为一个清醒的现代人"的路上。

在现代社会中，相较于传统生活，个人的选择一方面有很多自由，另一方面有很大的负担。这时候我们会想到一个法国哲学家让－保罗·萨特，他在 20 世纪中叶非常有名。在哲学专业上，他并不是第一流的哲学家，但他的有些观点非常有影响。

比如，他认为"人是自由的"。什么意思？人的存在和物的存在是两种不同的存在。以一个杯子为例，他说杯子的存在是"自在的存在"。杯子的本质就是杯子本身，它自己不得不是杯子，它的本质无可改变。你把杯子打碎了，它仍然是个碎杯子。它自己也不能把自己打碎，它是凝固的、不变的。

而人的存在是"不断成为的存在"，也就是萨特所说"自为的存在"。人的本质是变化的。因为一开始，人作为意识的存在，是一个虚空，需要不断地被填满。你所填充的内容是会变化的，而且你不能不变化。正因如此，人必须做出选择，为此去行动，并且承担行动的后果。你总是要选择自己成为什么，你想成为什么就成为什么。萨特的意思是说，你总可以不是现在的样子。

在第二次世界大战的时候，德国有一个军官叫艾希曼，他参加了所谓的对犹太人的终极解决方案，是执行犹太人大屠杀方案的主要负责者。"二战"以后他逃到了南美洲的阿根廷。1960 年，以色列特工找到了潜逃的艾希曼，将他带回耶路撒冷进行审判。哲学家汉娜·阿伦特为此专门写过一本书《艾希曼在耶路撒冷》。

在审判中，艾希曼为自己辩护的理由是：我是一个军人，军人的天职就是服从命令，我们没有选择，军人哪有什么自由？

萨特对此怎么回答？萨特说："不，你可以有三个选择。第一，你可以做叛军；第二，你可以当逃兵；第三，你可以选择自杀。这三个选择都有人做过。你说我不能选择，那是你不愿意选择；你说我就是不选择，那就是你选择了不选择。"

萨特非常强地突出了"选择"的自由，他认为人在存在论的结构当中，具有巨大的选择的自由。这给我们一种鼓舞，好像我们总是有机会成为不一样的人，总是有可能过不一样的生活。

所以现代社会一方面给了我们在原则上、法理上不受阻止的巨大的选择空间，但另外一方面，它也给我们带来了巨大的负担。负担是什么呢？

第一，是判断的负担。如果做出新的选择——选择过另外一种生活，选择成为另外一种人，这个选择的好坏对错，我们没有把握。因为好坏对错，它需要一个判断的标准，这个标准在传统社会是由宗教、习俗提供的，现在这些都不太起作用了，所以判断的负担落到了我们个人身上。

第二，选择另外的生活，成为另外的人，是需要有能力的，有条件的。我们不一定具备这样的能力和条件。

所以现在的人会处在这样一个状态：一方面很自由，有很多选择，"太爽了"；另一方面，选择的负担又很沉重，"太难了"。于是你就会从一个非常局部的、具体的感知，上升到对根本性问题的追问，而根本性的问题就是哲学问题。

尽管有这样那样的困难存在，我们仍然会发现在生活当中，有些人就是能够做到非常卓越的、了不起的改变，创造一个又一个励志的故事。

假如有人问萨特："我是先天的残疾人，行动都有困难，你说我怎么是自由的呢？"萨特会怎么回答？他会说，是的，你是残疾人，这个事实无法改变，因为残疾的特征是你身体上

"自在"的不可改变的因素。但是你做一个什么样的残疾人，你是有选择的；你怎么看待自己的残疾，用什么态度对待自己的残疾是大有不同的。你可以做一个哀怨消极的残疾人，也可以做一个奋进积极的残疾人，这取决于你的选择，你完全有自由来超越自己身体的残疾性。身残志不残并不是一个谎言，我们在残奥会上看看那些运动员就知道了。

我很喜欢一部电影，叫《我的左脚》，它是由一个真实故事改编的。这个电影的主角身体残障到什么地步呢？他只有左脚是可以活动的，其他所有的肢体都是没有知觉的，但他有意识。最后这个人成了一名画家。

演员丹尼尔·戴 - 刘易斯接到这个片子以后，半年都只用自己的左脚，借助轮椅来生活。电影上来第一个镜头，就是他用左脚拿出一张唱片放到唱机上。到拍摄的最后，刘易斯自己甚至能够用左脚作画，而且他的画也真的放到了电影里面。

我们会在日常生活中看到，的确有这样一种超凡的人（Extraordinary People）。他们如何成为可能？我知道，你们和我年轻的时候一样，每次听完一个精彩的演讲，很励志，很兴奋，但是第二天早上起来，又变得非常现实主义，对不对？但是这些故事传达的精神，仍然会在你心中留下深深的印记，在你沮丧的时候，低落的时候，它将鼓舞你未来的岁月。

这是哲学带给我们的思考，让我们发现积极的精神力量。

这也是要关心哲学的原因之一。

上面所讲的是关于自我。那么对于他者，我们怎么理解呢？人与人之间的理解是可能的吗？这就是哲学上著名的"他心问题"（Other's Mind）——人家的脑子和我的脑子，是两个脑子。这个命题最早是由哲学家托马斯·内格尔提出的。

他有一篇论文是讲蝙蝠的。蝙蝠其实没有眼睛，没有视觉系统，它是靠声呐的返回来确定方位，来引导自己的飞行轨迹。托马斯·内格尔就提出了这样一个问题："知道了这些以后，我们能够想象一只蝙蝠的生活吗？"

类比于此，我们的宠物和我们身边的人，我们能否想象、理解呢？更进一步，这个疑问涉及一个根本性的问题：我们和另外一个头脑或者另外一个心灵，真的能够相互理解吗？

德国哲学家伽达默尔在六十岁的时候，发表了他最重要的著作《真理与方法》，里面谈到这个问题。当然，他最早不是在讲人和人之间的理解，他在讲经典文献如何阐释。他说每个人都有自己的"视域"（Horizon），我们有可能去理解他人所在的视域吗？如果不能获得他人的视域，又如何能理解他们的著作是在说什么？

在理论上，人和人之间好像是不能够理解的，但有的时候又好像是能够理解的，是心灵相通的，甚至有很高的默契，这是怎么回事？

他在书中也给出了自己的回答，大概意思是，我们并不需要完全放弃自己的视域，我们可以进入一个新的视域，叫作"融合视域"。将两个视域融合起来，就建立了一个桥梁，把"你"和"我"之间关联起来了。

他在六十岁时才写出这样的名著。这样伟大的学者在告诉我们什么：你不用特别着急。其实人的生活不在于你走得有多早，而在于你走得有多远。重要的是你自己的轨道和自己的发展，你在什么时候走出一个成功的人生，而且这个成功未必要以等级、数字来标识。

关于"Why"的问题，第一谈到自我；第二谈到我们与他人之间的理解；第三，我们需要一个关于整个社会的视野，为什么？因为社会的规则会影响我们每个人的奋斗。那么社会作为一个共同体，大家应该遵守什么原则呢？问到最后也是哲学问题。

我们现在讲，社会应该有正义和平等，那平等是什么意思？譬如，我们经常用跑步比赛来比喻社会中的竞争，对不对？有的人认为平等应该是起点的平等，大家站在同一起跑线上开始比赛。那么有了起点的平等，一定有终点的不平等。总是有人跑得快，有人跑得慢。如果说所有人必须同时到达终点，比赛就变得没有意义了。

你要起点平等，又要真正的比赛发生，又要达到终点的平等，必须让那些跑得快的人背上沙袋。而且跑得越快，沙袋越重，对不对？可是这些人会说："为什么我背沙袋，他不背沙袋？"这也不平等。

我们没有办法做到所有的平等，平等只是某种平等。一般大家比较认可的是机会平等——在同一起跑线上，一视同仁开始竞争。

但是有一点麻烦，什么是起跑线？高考是起跑线，但是高考的起跑线是上一场比赛的终点。好像中考才是起跑线吧？可我们知道在到达中考的起跑线之前，经过了小学、初中。那么小学才是起跑线？

你会发现"起点的平等"这件事非常麻烦，它再无穷尽地往前追溯的话，就会到你出生的时候。大家知道，在一个意义上我们是生而平等的：我们都是人，我们在法律面前具有同等的权利，我们在道德尊严上没有天生的高贵低贱之分，对不对？

但是实际上，我们生在什么样的地方，有什么样的家庭背景，比如家里是不是有学区房，这是非常不一样的。于是任何一个形式上的起点平等，无论是中考、高考、公务员考试，在这个起点之前都已经存在着非常多不平等因素的影响。

说完起点平等，再来说说机会平等。

我们"60后"这一代人，包括"70后"，非常信奉一句话"只要努力就会成功"。因为我们正好遇到中国经济的高速增长期，打开了很多新的行业，就业的岗位变得特别多，阶层流动相对来说非常充分。

　　而现在国内经济已经过了高速发展期，增长从两位数降到一位数。我们现在不仅要讲究 GDP 的增长，还要追求环保，追求可持续发展。因此可能就不会再有那么大幅度的职业的、阶层的流动。最近经常听到的"躺平"之说，跟这个大背景是有关系的。

　　既然以上几种"平等"在实践中都难以完美达成，我们该如何推动平等的实现呢？20 世纪 70 年代一个著名的政治哲学家约翰·罗尔斯对这个问题做出了一个非常重要的设计，他说我们要追求的不是平等，而是一种正义——"作为公平的正义"。

　　大家想想，社会的进步是什么？社会进步是让那些先天运气的因素、我们自己不能决定的因素，在影响我们的命运当中发挥的作用越来越少。比如促进男女平等，促进种族间的平等。废除等级制度也是这样，你们家是贵族，我们家是平民，他们家是奴隶。身为奴隶的孩子，还是贵族的孩子，还是平民的孩子，这也不是每个人可以选的，对不对？

　　所以，社会进步的标准之一，就是让那些运气的因素，对于我们命运的影响越来越小。所以，无论是对于个人，对于我们和他者，还是对于整个社会，我们都需要从生活实践中的那些具体的问题开始。如果我们过一个反省的生活，一下子会上升到那些大的问题，大的问题就会涉及哲学。这就是我们为什么要关心哲学问题。

如何用哲学寻找"自我"?

下面讲讲"How"的问题:我们怎么样用哲学来引导日常生活中的讨论。我们不妨通过一个哲学当中比较小,但也蛮重要的问题来讨论——自我是什么?

每个人都有很多理想,但是经常是"理想很丰满,现实很骨感",我们的"自我"怎么安顿?我到底是谁?我要过一种什么样的生活?比如说,你现在的理想是环球旅行,可是大部分人都做不了环球旅行。我们有工作,而且我们也不一定有那么多钱,对不对?

所以现在的人会有很多迷茫,会有一种"存在性焦虑":由日常生活唤起的,由于未能发挥生命潜能而引起的焦虑。这种焦虑迫使我们追问:我做这一切到底是为了什么?

这就涉及一个特别深奥,特别复杂,但好像又很现实的问题——我是谁?

第一,"自我"是个麻烦的事情。

你经常会听说"忠于自己""做真正的自己""走自己的路,让别人说去吧",对不对?就好像当我们摆脱旁人的眼光、议论,诉诸内心,有一个内在的视角,就会获得一个真正的自我，展开真正的生活。

但是当你内省的时候，你会发现"自我"是蛮复杂的，也蛮脆弱的，并不是越看"自我"越自信。想象一下：每天晚上，经过了一天疲劳的工作、生活、学习，你躺在床上闭上眼睛对自己说"外部都跟我无关""我的自我多么强大"，带着一种幸福感入睡，第二天早上醒来，仍然感到自己很强大……会吗？不会。当你结束了一天中与外部世界的互动，平静下来，回到自我，回到一种所谓内观的视角，你往往仍然是凌乱的。

柏拉图提出过灵魂的三重结构，即每个人都有理智（理性）、激情和欲望，而这三者之间是冲突的。他讲过一个隐喻，灵魂好像一辆马车，拉车的两匹马，一匹是"欲望"，另一匹是"激情"，而你的"理智"是马车夫。车夫要把两匹马掌管得非常好，这样才会有一个比较健硕的、积极而平稳的人格。但是呢，你的"欲望"经常是脱缰的野马。你会发现"自我"不是一个东西，而是一堆东西。所以什么叫"发现自我"？这是一个谜题。

第二，你的"自我"不是某一个时刻的自己，它是一个随时间成长变化的过程。怎么能说六岁时的那个"我"就是今天的"我"？过去的"自我"和现在的"自我"之间的联系又是什么？

我们假设每个人具有跨越时间的同一性，你是同一个人。你今天到食堂去，没有带卡，让同学帮你刷卡，答应将来还他；

第二天你又没带卡，又答应将来还他……过了两个月，同学说："你已经吃了我四顿饭了，是不是现在该还了？"你不能回答："那是一个月前的我答应的，而现在的我跟他不是一个人，所以我现在没有办法还你。"一对情侣，一个人昨天刚刚承诺，要跟另一个人相守一辈子，今天就改主意了，"那个人跟我没关系"。这显然也说不过去。

所以我们必须假定人在时间上有一个连续性，是同一个人。但在哲学上这是挺麻烦的事情。

古希腊有一艘船叫忒修斯之船，这个船是木头做的，它会朽坏。坏掉就需要更换一个新的零件，比如甲板上的一块木头腐朽了就替换成一块新的木板。最后那个船所有的部件都被换掉了，那这艘崭新的船还能不能叫忒修斯之船？有人说能，有人说不能。

哲学家托马斯·霍布斯追问了一个问题：假如所有旧船上被替换下来的零件都没有扔掉，我用这些旧零件在旁边搭了一艘船，和之前的船一模一样。那么哪个船才是真正的忒修斯之船？

关于"自我"还有弗洛伊德的人格结构理论——本我、自我、超我。还有马斯洛的需求层次理论——人类最底层的需求是生理需要，然后是安全需要，最后是认同、爱、自我实现。总之我们知道，人的内部结构是非常复杂的，"自我"还有一个随着时间变化的变迁，因此认识"自我"好难啊。

　　而且"自我"跟他人又是有关系的。我们的身体有生理的边界，我们可以自主行动，可以指挥自己的身体；同时我们跟外部在很多方面是息息相关的，我们跟父母、跟邻人、跟同学同事都有非常紧密的互动。每个人都不是一个原子化的个人。

　　一个人内部的多样性，跨时间的多样性，与他人和社会的互动，这些共同构成了"自我"。一个男生特别中意一个女生，要去约会了，换了八套衣服、四种发型，他就是在用想象中"她"的眼光来看自己。女生可能也是如此吧？约会前换了六种颜色的口红？不知道。

　　有一本心理学方面的书挺有意思，中文翻译为《自我的本质》，书中说："你并不是你眼中的你，你也不是别人眼中的你，你是你以为的别人眼中的你自己。"就是说，我们对自己有一个看法，别人对我们也有一个看法，而真正支配你行动的，是你所理解的别人对你的看法。

　　所以寻找真实的自我是件非常麻烦的事，而且真实的自我不是一个固定的东西，它是会改变的，受他人的影响，受时间变迁的影响，也跟你的阅历有关系。

　　从"忒修斯之船"的角度来说，经过七八年的新陈代谢，人体的所有细胞就会被换一遍，所以今天的你在物理意义上已经不是过去的你了。如果说"自我"是记忆——这是哲学家约翰·洛克的理论——如果得了失忆症，你就没有"自我"

了吗？

　　我自己找到的一个蛮吸引我的哲学理论，叫作"叙事的自我"——自我是一个故事，一套叙事。如果你能够讲出一个关于自己的，能够说服自己，也能够说服别人的故事，你大概就有一个比较真实的自我。

　　这个故事有一定的要求。一个是统一性（Integrity），不能充满矛盾。你今天说自己特别讲究道德原则，但是明天去考试就作弊，那你关于自己的叙事就是有问题的。另一个是本真性（Authenticity），你要有一个通达的状态，你讲故事的那些素材不能是杜撰的。

　　拥有怎样的"自我"，取决于你讲怎样的一个故事。如果你讲的故事有它内在的整合性和本真性，如果你的外在表现出来的"自我"和内心的"自我"，以及你内部各种各样的理智、激情、欲望，能够整合成一个相对融贯的、和谐的一体，你会更加自信、从容、谦逊、与人为善。相对而言，你的那个有意义的"真正的自我"才能形成和生成。

　　因为人是靠精神来统合自己生物性的自我、社会的自我和反思的自我。在这个意义上，"自我"的故事是一个哲学的故事。

思考是一种生活方式

　　由此也引出来一个特别抽象的问题——什么是好的生活？什么是好的人生？现在流行的"成功"标准就是在学校分数高，毕业了以后挣钱多嘛，那么多少才算"多"呢？我们挣钱原本是为了生活，但是很大一部分，也是挣给别人看的：让别人通过识别你的财富状态来仰视你，继而你又通过别人的眼光，感受到自己的价值。这并不卑下，因为人想要被承认，是非常本质的愿望。

　　但是为什么被承认的只能是金钱和财富呢？美德为什么不能拿来攀比呢？你勇敢，我比你更勇敢。你正义，我比你更正义。没有人这样比，因为它不可度量，它无法测评，它具有地区性——只有你周边的人才能够真正评价你的品格，而财富是有数字的，数字是可以普遍化的。

　　但是，在这样一个风向和格局下，是不是有人可以过一种另类的生活？

　　我在 2021 年的《人物》杂志上，发现了一个故事。故事的主人公叫陆庆松，是个音乐家。他 15 岁进入中央民族学院学习钢琴，20 岁毕业去了哪里？清华大学，教音乐。怎么样？很不错吧？他干了几年，不喜欢，辞职了。然后，他到北京郊区非常偏远的地方租了个房子，天天练琴。他要求的生活很简单，他一个周末教一次或者两次琴，得到的收入用来维持自己非常简陋的生活。有一次他的身份证丢了，去派出所补办，工作人员看到他的简历：中央民族学院毕业、清华大学老师、辞职、无业……你是骗子吧？

你有这么好的起点，为什么变成一个没有工作的人？而且没有房子，在北京五环之外租的房子，养了一些植物。他逃出了内卷，他算躺平吗？没有。他的生活很充实。他练习莫扎特、贝多芬的曲子，希望有一天开一场自己的演奏会。从来没有什么人知道他，直到他的弟弟成了一名纪录片导演，拍了一部叫《四个春天》的纪录片，讲述他们一家在四年里的日常故事，陆庆松才进入别人的视角，还有记者去访问他。

这个故事叫《螺丝不肯拧紧》，他要过自己的生活。

他的这种境界我是达不到的。我不是说让大家都去学这种生活方式，不是。在我们标榜"成功"，而且把"成功"理解得特别狭隘的时候，另外一种生活是可能的，而且我见证了这样一个人。他既不是"内卷"，也不是"躺平"，他在过自己热爱的、有意义的生活。在陆庆松这样的模式，和现在标准的"成功"模式之间，其实有很多选项，它构成了一个光谱。在这之间，每个人都可以找到适合自己的、自己真正喜欢的位置，然后来展开自己的故事。

最后，我们说哲学是有用，还是无用？

今天我说了半天，也没有给大家提供一个立刻可以拿来使用的答案，但是可以给你们提供某种想法、某种思路。我讲的内容其实不重要，如果你能够经过我，把我看作一个桥梁，通达那些更重要的思想家，那些作品——未必是哲学的，可能是文学、戏剧甚至电影，通达一个更广阔、更深厚的世界，那时你再拆掉我这座桥，我是毫无怨言的。

过河拆桥是非常好的。在这个意义上，哲学没有直接的用处，它只是可以给我们带来启发。

另外我又相信，哲学是有某种直接的用处的，它使我们更善于倾听、理解和交流。聆听别人在说什么、想什么，尤为重要，有时候它比表达更重要。年轻的时候我总是喜欢说，现在我更多地喜欢听。

刚才我们说，未经反省的人生是不值得过的，走向经由省察的人生有很多方法。这个方法不是像一个工具的使用那样，给你一个守则，它是一种思考的方法。我们的思考需要综合各种不同的视角，需要很多不同的资源——智识的资源、价值的资源和思维方式的资源。

所以，走向苏格拉底倡导的那种生活，要不断地发现自己还不知道什么。知道自己不知道什么，是我们进一步知道的开始。所谓哲学对生活的益处，就是不仅仅把思考作为一个即时的解决问题的工具，而是让思考成为伴随我们生命进程的一种生活方式。

2021 年 11 月 4 日

"梁晓声"

我们的时代与我的成长

>>> 我以我眼看来，当下绝大多数的年轻人从来没有"躺平"过，因为根本不可能"躺平"。我对于当下的青年是非常敬重的——敬重他们实际上不"躺平"的这种姿态。我从年轻人的身上看到了一种坚持，有时候我会发自内心地问：他们是怎么做到的？

抖音扫码
收看精彩瞬间

梁晓声

当代著名作家,中国作家协会会员,
任教于北京语言大学人文学院中文系。
代表作有《这是一片神奇的土地》《今夜有暴风雪》《雪城》等。
2019 年凭借作品《人世间》获得第十届茅盾文学奖。

　　电视剧《人世间》开播之后，我就变成了一个热闹的人。在这之前我应该是一个安静的、没有多大响动的人，只是在写作而已。借着《人世间》这部电视剧，我想和大家谈谈我们的时代，也就是我和我的千千万万的城市同代人的时代。千千万万中产生了周秉义、周蓉那样的有作为的人物；但是绝大多数的人还是像周秉昆一样，一直到退休的时候都还是普通的工人。我们来回忆这些人所经历的时代，也就是我们共和国的 60 年代、70 年代、80 年代、90 年代。

　　先从我们的少年时代讲起——20 世纪 60 年代，那时我应该是上小学五六年级。我出生在哈尔滨市，下乡之前，对于农村我是不太熟悉的。请大家想象一下，我生活在类似剧中叫作"光字片"的棚户区里，但电视剧《人世间》里面周家的房子，至少要比我们家的面积多出一大半。在我印象中，我们住过的最好的房子其实只有 28 平方米，而这已经是经过改善的。

上了中学之后，我在别人家里看到年画，那时候的年画多数是农村风光。年画上农村的村路非常宽阔，还有绿化；虽然是泥草房，但是都是新苫的房、雪白的墙。我觉得那样的家已经比我们家好得多了，所以当时我就一直在想：为什么我们家不搬到农村去呢？

但是当我初一真的下乡参加过一次劳动之后，眼见了离哈尔滨市不远的、松花江另一边的农村之后，我就再也不提这个问题了。因为我亲眼看到了当时农村的那种相当简陋的生活，那种简陋超出大家的想象。

我们的学生时期和现在很不一样，说起来有点"凡尔赛"。当时的小学，一至五年级都是半日上学，下半天除了写作业，就是做一些力所能及的家务劳动。那个年代的初中一、二年级也是半天制。到初三的时候，虽然是全天制，我们下午也只不过有两堂课的自习。

今天的孩子们上了中学之后，从初二开始，几乎任何家庭的孩子，晚上十点以前睡觉的情况很少。所以，像我这样的老头儿看着这样辛苦的下一代，有时未免是心疼的，他们也几乎成了中国最早起晚睡的一代人。

我们那个时候呢，也有"躺平"的现象，具体表现大抵是"我不想考高中，我不想考技校"。比如我们全班45名同学，真正想考高中和技校，学习成绩也能考得上，而且家里供得起的，应该不会超出 20 名。剩下的大多数同学都不需要考。初中毕业之后就能够工作了。

可你连高中都没有上，怎么样去工作呢？首先是到爸爸妈妈的单位，父母可以为儿女申请到自己的单位来工作，不过这样的单位都是没有技术含量的、简单的工作，归结起来差不多都属于"八大员"序列，比如售票员、理发员、炊事员、服务员。像《人世间》中肖国庆的媳妇吴倩，她就在一个小饭店里做服务员。

如果有了这样一份工作，大家就觉得成年人生的第一页开始了。我们当年所说的工作，它很可能是在一条小街的街头或街尾一个小小的供销社里，分给你的具体工作可能是站在社里卖咸菜和酱油的那两排柜台后边。它也可能是在一个小小的邮局里，邮局里比你年长的老工作人员可能只有两三个，而你是新人。它也可能是在一个理发店，你要在那里拜师学徒。你还可能被分配到清扫队，每天早晨执扫把，去扫某几条街。如果你能成为邮递员，那算你幸运，因为邮递员还发一身工作服，还发自行车。像《人世间》中，无论周秉昆，还是肖国庆、孙赶超、曹德宝，他们能够在酱油厂和木材厂工作，那属于正式工作，因为那些单位都叫作正式单位。

在当年也需要解决就业问题，因此街道也办工厂，像在小学课文中写到的我母亲所在的街道工厂。厂里既有像我母亲一样的中年女性，也有初、高中毕业之后，由街道分配工作的一些青年。

如果给你分配了这样的单位去工作，而你竟不愿意，那么你可能就没有工作了。你想另外再找一份工作，难于上青天。一个没有工作的人，想额外挣一元钱或者两元钱，几乎门儿都没有——没有任何一个单位可以在自己的门上张贴"招聘"二字。不像现在，不管是本科生还是硕士生，到了人生的一个坎儿——你缺钱了，不知道明天在哪儿睡、下一顿饭在哪儿吃，还可以临时找个饭店去应聘洗碗工，至少这个饭店会给你一份工资。在我年轻的时候绝对没有这种现象。

不过，这种分配就业的方式，也保障了城市里初中毕业的一代又一代青年还能在城市里有一份工作。只是那份工作，也只能谋生而已。

那个年代也会有一些"躺平"的现象，甚至可以说是破罐子破摔。很多初中生不学习了，就打算混到毕业，然后到父母的单位去挣钱。老师很生气，但也无能为力。毕竟，如果一个学生认为自己所学的东西对于将来的工作已经足够，比如去父亲所在的环卫部门扫街，又何必再努力呢？

那么，说到当年的工作，再来说说什么工作是当年的好工作。可以通过当时的择偶标准来看一看。当年的年轻人，尤其女孩子，她们的择偶标准是什么样的呢？我们哈尔滨市流传的叫作"蓝制服、白大褂、枪杆子、舵把子"。"蓝制服"应该是像《人世间》中的小龚叔叔那样，如果能在派出所当一个片警，就是女孩子们最佳的择偶对象。

所以在当年几乎没有"躺平"，"躺平"就没有工作了。哪怕是扫街这种工作，要是失去了，再找第二份工作是很难的。可是也有"内卷"，最主要的"内卷"，还不是关于工资，而是关于分房子。

因为当年的情况是：不管你的家是 28 平方米，还是 32 平方米，想再多出 1 平方米，除非前后窗户或其他周围还有空地，才可能把房子向外接出一部分。如果没有空地可以加盖，也只能维持原状。

那是不是能够租房子呢？首先，大多数家庭的那份工资里根本挤不出钱来租房子；另外，有房子可租的人家就更少了。那个年代没有买卖房子这一说。《人世间》中也反映了这个情况，周秉昆买了居住权，然后遇到了这样那样很多问题。在那个年代，由于分房子的问题而想不开、寻死觅活的现象是很多的。

初中二年级以前，我在学习上是基本"躺平"的。不是主观上想"躺平"，而是我的哥哥那时生病了，生的是精神不好的病。在一个 28 平方米的空间里，生活着我们兄弟四个，还有一个妹妹。父亲常年在外，只有母亲在家。哥哥长我 6 岁，他精神错乱的时候半夜会往外跑，都得我和母亲陪着。

因此，我那时上学经常迟到，旷课也是常有的事。后来班主任把我的课桌调到紧靠教室门口的位置，来晚了不必敲门，直接进来坐到座位上就好了；我也可以直接早退。简单来说，我享受绝对的任来任去的特权。

我当年只想着挣钱，做梦都在捡钱。尤其到初三毕业前，我沿着运煤的铁路线去捡过煤渣，因为那时老式的煤车一晃动，煤渣就会滚下来——这也是一个家庭实际上的长子能为家里做的实事。我也偷偷地去"周秉昆"们曾经工作过的木材厂扒过树皮，那是非常危险的，原木被撬动之后滚动起来压到人，是可能出人命的。

但是到初三下学期的时候，我努力了一段时间——我想我必须考上一所学校。因为我的父亲不在哈尔滨市，母亲不属于任何正式单位，虽然她也可以介绍我到自己工作的鞋帮厂上班，可我连踩缝纫机也不会。

为了有一份工作，我必须考上一所技校或者师范学校。技校我是考不上的，因为那时我的学习已经差得太多，我就希望能够考上哈尔滨市的师范学校，将来做语文老师。我甚至专门到郊区去考察过师范学校的路线怎么走。我非常喜欢师范学校，也觉得那就是目标，并为此拼命努力。不过初中毕业之后，我也没上成哈尔滨师范学校。时代的原因，就跟随我们学校的第二批队伍下乡了，这时候是 20 世纪 70 年代。

知识青年下乡结束、要回城的时候，有抽签到工厂里面去的，也有抽签到机关的，还有上大学的。这也会形成"内卷"，比如上大学需要大家推荐——每个人来投票。

我上大学的时候，已经跟这种"推荐"的方式没有关系了。1974 年，复旦大学的一名老师到我所在的兵团招生，我因为创作了《向导》一书得到老师的力荐，得到了去复旦大学读书的机会。

在离开复旦大学的时候，首先是学校的老师来征求我的意见，希望我可以留校工作。还有复旦大学卫生所的一位白大褂姑娘——人家不是护士，人家是校医，也通过我们班里的同学转达，"就喜欢你们创作专业的大梁"。

如果我是独生子，如果爸爸妈妈的身体还好，在大工厂里工作有工资，退休有退休金，我想我可以考虑留在上海。但我不是独生子女，母亲身体不好，父亲 60 多岁了，只拿 40 多元的退休金，弟弟也是返城知青，两个弟弟都在酱油厂工作，哥哥还生病。这样的一个人，可以在考虑自己人生的时候置家庭责任于不顾吗？

我觉得自己不能留在上海，我要回哈尔滨。我梦想中的工作单位是黑龙江人民出版社，那个单位确实不错，可当时没有哈尔滨的名额。那就只有北京了。我不是在上海和北京之间加以对比，权衡对个人的利弊，然后选择了北京，而是我一心向北，缩短我这个儿子和家庭之间的距离。

因此大学毕业之后我被分配到北京电影制片厂，这时即将进入 20 世纪 80 年代，来到了我们的青年时代。我成了北京电影制片厂文学部的一名年轻员工。我有 N 次可以按比例涨工资的经历，但我一次都没参与过，全部放弃了。因此，那时我们编辑部的老同志对我是非常刮目相看的。

我之所以这么做，是因为当时我已经有作品发表了。我会在心里算这样一笔账：涨一级工资，如果是 8 元钱，一年只不过多出 96 元；而我一年还不能发一篇 1 万字或者 2 万字的短篇小说吗？如果发了之后，它的稿费至少也是 100 元。有了这 100 元，我为什么还要参与涨工资的竞争？——那时候还没有"内卷"一词，但存在一些类似的现象。

所以，我内心是非常感谢文学的。这不代表我当时已经有了想法，立志要成为什么样的作家。我甚至从来没有这样的志向。一直坚持写作，一方面是因为我对文学由衷地喜欢；还有一点也很重要，那就是稿费。有了稿费，我可以不参与涨工资的竞争，还能有一部分余裕在逢年过节的时候给爸妈寄去；在弟弟妹妹们需要解决这样或那样的困难的时候，也给他们寄去一部分钱。

之后，我也曾有机会成为北京电影制片厂文学部的主任。那时我不过三十五六岁，已经三次得奖了：两个短篇、一个中篇，而且都是名次排第一、第二、第三的这种奖项。《今夜有暴风雪》《雪城》也到处在播放着。

随着我发的作品多了，又因为提倡干部年轻化、专业化，自然而然地我就进入了领导和大家的视野。但是如果当了文学部的主任就得天天开会，还有两份刊物要负责，因此也就没有时间写作了，稿费收入也没有了。所以我会推荐别人，自己放弃这个机会。

工作了12年之后——正是20世纪90年代，我被调到了中国儿童电影制片厂。到儿童电影制片厂去，不是为了要当什么干部，而是因为房子。那时候我总是梦见我父亲，感觉到他的身体不好。我觉得自己需要房子了，但是不知道北京电影制片厂分房子的时候父亲的病情会是怎么样，也不知道能不能分到我头上。正巧这时儿童电影制片厂有房子，有了房子才能把父亲接来。接来之后，父亲就被检查出胃癌，然后我尽了最后的孝心。说到底，我还是那么地感激文学。大家可能很难理解我和文学的关系，我的很多困难得以解决都是因为有了文学，我觉得它给予我的已经够了。

文学使我的身心几无"内卷"的阴影，更无擦痕。但这也带来一个问题，这个问题是由作协的评论家李敬泽副主席提出来的。因为有次我跟他聊起来，我说我的人生有一些"凡尔赛"，物资匮乏的年代里那些难以避免的抢夺和纷争，还有当代年轻人职场中愈演愈烈的竞争，我居然都没参与，我身上没有"内卷"的擦痕。李敬泽说，这也同时使你的小说在内容上，缺少对那些在职场上深受"内卷"折磨、被擦得伤口很深的人的感受的体察。

当下年轻人的"内卷"与"躺平"

仔细想来,古今中外,人生何处无"内卷"?想想科举时代,考中了举人叫什么?叫"出人头地"。想出人头地那么容易吗?那几乎也是千军万马奔向南京、奔向北京的一个宏大的场面,学子们都要到那里去考个身份出来。而且,即使考中了举人,有多少举人大半生都没有一官半职,被冷落在那儿?蒲松龄有没有才气?但他就是考不中。他到晚年的时候不是只能成为贡生吗?想到底,"内卷"无非是当人的上升空间变得有限,而追求者众的情况下,自然产生的状态;而且越往上走空间越有限。

从这样一个宏观的视角来看,现在的年轻人不论工作多累,时间多紧,若有机会和精力,再为自己接触另一门专业,哪怕只是浅尝辄止地接触。在我年轻的时候,街道分配给你一份工作就像按钉子一样把你按在工作岗位上,想移动是不可能的。之所以说今天的时代也已经进步了,是因为和曾经相比,如果你有能力,是有机会自己选择移动的。

　　观察今天的现实生活，我确实觉得"躺平"也好，"摆烂"也罢，这实际上更多的是媒体——尤其是自媒体，甚至也包括主流媒体——不约而同地刻意选择和炒作出来的概念，它们放大了当代年轻人在职场工作中的焦虑。

　　这种焦虑客观上是存在的，这种放大也有两种效果。一种是当年轻人看到有人把他们的状态表达出来了，看到社会也开始关注他们的焦虑了，这对他们来说可能构成一种减压的渠道。可是另一方面它有极负面的作用，使我们不能正常看待"内卷"这种现象，观点趋于偏颇。我个人觉得，姑且不管自媒体，主流媒体应该更加清醒。这不仅仅是如何认识的问题，而是客观看待当下的年轻人和现实生活的问题。

　　我以我眼看来，当下绝大多数的年轻人从来没有"躺平"过，因为你不可能"躺平"，任何一个单位都不会容纳一个"躺平"的人，甚至大多数的家庭也不宠爱一个"躺平"的人。年轻人可能一度或者几度在最疲劳的过程中产生"躺平"的念头。累了，回到住的地方，躺到沙发上，真想明天、后天、大后天都不上班，不过第二天时间一到又只能很自然地起来，又去挤地铁，又去上班。

　　人生就是这样，需要我们有这种韧性，只有以这种韧性度过了人生中一个时期的坎，可能以后的路才会相对地顺遂一些。而且，年轻人选择"躺平"或者不"躺平"，不仅仅是自身的问题，还得想想自己的父母：他们"躺平"了吗？不管是在城

市还是在农村，他们也都想为孩子再多挣一点积蓄，有这样不
"躺平"的爸爸妈妈，孩子又怎么能"躺平"？

其实我对于当下的青年是非常敬重的——敬重他们实际上
不"躺平"的这种姿态。我从年轻人的身上看到了一种坚持，
有时候我会发自内心地问：他们是怎么做到的？

我问这话的原因是，在我所经历的那个年代，每个人的
工资都是一样的。在我下乡劳动的过程中，有从兵团总司令部
师部过来的一个知青，哪怕他已经加入了现役，穿着军装，我
心里边的想法是："少在我们面前摆谱，不都是挣三十二大毛
吗？"我的一切劳动，喂猪也罢，锄地也罢，面朝黄土背朝天
也罢，都和其他各种劳动一样有同等的工资，这份同等的工资
安慰了我。

可是现在的年轻人，尤其是来到北京这样的城市，有那
么多高档小区，它和年轻人的生活可能无缘，甚至一辈子都无
缘——房价已经飙到那么离谱的状态。有些人的工资那么高，
有些人像玩儿似的就把钱挣了；而大多数的年轻人靠辛苦劳动，
依旧处在工资偏下的状态。

我们国家的"80后""90后"经历了改革开放带来的变化，
大家逐步能够理性地把它看成一个过渡时期的现象，而且大家
可能会像我一样相信，以后随着分配制度的再进步，随着国家
提出的二次分配、三次分配，这些现象会改变的。看着年轻人
目前的经历，我经常问自己：如果我也变成一个"80后""90

后"，以我这样的有时非常叛逆的思想，会像今天的孩子们一样，面对这样一份工作心无旁骛地坚持，在"内卷"的情况下也把它做好吗？我会不会今天一跳槽，明天又跳槽，后天觉得这时代真是我后悔来到的时代呢？我想大家都比我做得好，这是我应该承认的方面。

说说《人世间》里面的爱情

2021 年 3 月，《人世间》开机的第二天上午，我去了李路导演搭建的"光字片"，看到了我的文学作品中那片棚户区的实景。看了之后，我的第一感觉是：好害怕。因为我曾经生活过的地方，比电视剧中的光字片环境更差，我突然想到，我和我的弟弟们以及光字片里所有的这些家庭，我们当年是怎么熬过来的？

经历了生活中的诸多事，本来以为自己已经很坚强了，但如果再让我重新经历一次，还是会突然觉得害怕，也不敢再被时代抛回去。如果有穿越的机会，再次成为那个年代的人物去体验从前的生活和爱情，比如成为年轻的秉昆，然后和殷桃扮演的郑娟再恋爱一次，我也想说：对不起，我并不想回去了。

当年的那种生活状态，就是会给我这种曾经经历过的人造成这么大的心理上的惧怕。而且，像光字片这样的地方，在当年的哈尔滨市有不止一处，估计要有二十几处，这二十几处应该是在 2000 年左右才逐步地得到改善。也就是说，哈尔滨市至少有三分之二的主体人口，都是从那样的生活里走到了今天。

现在再回到哈尔滨去看，这座城市中破败的、类似于光字片的棚户区已经没有了。市民们都住上了楼房，有的家里可能还不止一套。而且哈尔滨市确实变得很美了，中国的许多城市都变得非常美了，尤其是南方的一些地县级的城市变化更大。经历了这些变化再回头看，我会为改革开放的成就感到自豪，也替享受到改革开放成果的这些父辈们感到庆幸。因为有一些父辈还没有享受到，像周家的父亲他就没有住上楼房。电视剧中周家的房子是很大，那是为了拍摄的方便，否则它没办法容纳那么多演员。

大家评论电视剧《人世间》中的爱情非常打动人，尤其是周秉昆的父亲母亲那一代人之间的爱情。不过我觉得那更多的是父母心中家长式的责任支撑着他们，这种婚姻在我这一代人身上也很典型。

人在不同的年龄，想要的东西不一样。二十多岁这个年龄段渴望的是爱情，对婚姻的责任讲得还很少——甚至是在对"婚姻"二字意味着什么都无所领悟的情况下，又是那么如饥似渴地需要爱情。比如，周秉昆去找郑娟的时候，就是他喜欢上她了，他就是如饥似渴地需要了。周蓉年轻时想去找下放到贵州山区的冯化成，也是这样的状态。但是当人们步入中年，到了四五十岁，看待两性之间的感情关系，通常首先考虑的就是婚姻了。他们知道两个人共同生活在一个屋檐下，过一年三百六十几天的每一个日子，此事非同寻常。只有领悟到婚姻的这种内涵的时候，人才变得成熟了一些。

让我谈爱情的话，其实我不是谈爱情的专家，这是由于什么呢？我在年轻的时候是想要抱定独身主义的。大家一般认为文学作品读多了，这个人可能变得很感性、很浪漫、感情很饱满。但实在对不起，我是从光字片走出来的一个文学青年，从读过的那些书里，我吸收到的营养更多是理性。如果理性地来看待这些事情，我那时总会觉得：我不结婚，是不是能够使我弟弟妹妹爸爸妈妈的生活变得更好一些？

当然，这并不意味着爱神没有眷顾过我，也并不意味着我看到使我心动的姑娘，我居然会不动心，对吧？不过最终我可能还是会选择理性。再进一步说，我长得又不差，肢体也健全，还在两个电影制片厂工作过，很年轻的时候就得过三次全国奖了，对吧？难道还会缺少爱慕者和追求者吗？

再回到《人世间》的剧情，说说周秉义和郝冬梅的感情。他们出身于不同的阶层，秉义像我一样来自光字片的贫苦的工人阶级人家，而郝冬梅的父母在"文革"前都是高干。在那个特殊的时代，来自不同阶层的家庭的孩子们很可能进入同一个环境工作和生活，他们可以都是知青，可以都是工人，甚至可能在兵团当知青的周秉义地位比郝冬梅还高，实际上也是那样。当时秉义都要被调到军区担任副政委的秘书了，而郝冬梅还在附近的农村插队。在这种情况下，现实生活中结成了一些爱情的果子，并且也开放过花朵。但是当这十年结束之后，其中相当一部分自然解体。周秉义和郝冬梅居然没有分开，这是因为第一秉义很优秀，第二冬梅很好。

书中在周秉义去世之后，郝冬梅再婚了，她嫁给了一个华侨，而且她请了周蓉去当伴娘。郝冬梅在和周蓉讲这件事的时候说"秉义是希望我这样做的"。如果我是秉义，肯定也会留下同样的遗言。因为在现在这个时代，五六十岁的人，可能还有好长的一段人生路要走。一个我们所敬爱的女性是不能让她长期守寡的，她应该尽快地找到她的另一半。这个年龄的郝冬梅只能回到她原来的阶层来寻找自己的另一半了，这时她主要考虑的也是如何妥善处理晚年的生活，而不可能再是和秉义那样的爱情了。

在我看来，这些都是人生。

在性格上呢，我并不类似于周秉义，而是接近于他的弟弟——普通却踏实、乐于助人的秉昆。我想秉昆是这样的人——郝冬梅在他眼前走过100次，他可能都不会有任何想法。那么为什么秉昆会对带着孩子生活、寡居穷苦的郑娟一往情深？因为他认为这个人可能是最适合他的，也是属于他的。

一开始周秉昆是被郑娟的美貌所征服的，不过后面又对郑娟产生了同情，他对她的感情也是很复杂的。

当然我所写的这一段关系并不高级，这更多的是一个文学套路。一个男性作家，尤其是中国土地上的男性作家几乎都是从底层成长起来的，所以很可能会想象这种情况。他们会想象男人在这样的时候爱上这样的女性，这个男人自身带着一种同情。而且他知道由于他变成了一个拯救者，对方是被拯救的，这种关系使他感觉到自己的地位更巩固和更优越。实际上，周秉昆这个角色的身上也多少有一些这种套路。

站在创作者的角度上，我对这段关系是这样想的——我在写的时候已经 70 岁左右了，作为一个快 70 岁的老头儿，我依然能把年轻人的爱情写到这个份上，而且我还没过多地展开这部分来发挥，所以我应该给自己一个赞，对吧？

关于秉昆和郑娟，《人世间》中还有这样一段描写："秉昆却难以入睡，他想到了王宫，国王和王后。那是他十二年前搂着她的夜晚经常产生的想法，除了将那样的家想象成王宫不太容易，将自己想象成国王，将亲爱的妻子想象成王后，却从没什么障碍。"

但实际情况是这样的，我已经经历了快 70 年的人生，已经看到了也看透了很多的生活，我在写这段的时候心里面是很酸楚的。在这部小说里要把秉昆的爱情和肖国庆、孙赶超、曹德宝的爱情相对比着来谈，这样大家就会明白我的酸楚。

肖国庆的对象吴倩出现的时候，提到自己的一个隐私——她会长胡子。这就引出一个问题——别找这样的老婆不就行了吗？电视剧也交代了，吴倩其他各方面都挺好，所以肖国庆就和孙赶超说："我们光字片的小伙子能找到个对象就不错了，别人不挑剔我们就不错了。我们也只是木材厂和酱油厂的。"

吴倩和于虹都是走在马路上绝不会有回头率的女孩子。可是对于肖国庆和孙赶超来说，他们清醒理智地知道，那就是他们未来的妻子。

秉昆又比肖国庆和孙赶超在哪些地方优越一点吗？秉昆除了读过一点小说，别的地方毫无优越。尤其是和自己上进好学的哥哥周秉义、姐姐周蓉比起来，他这个"老疙瘩"过于普通。但他居然发现了比光字片环境更糟糕的太平胡同，有一个像狐仙鬼魅一样美丽同时又吃苦耐劳、善良的女人，而且几乎是他能够追求到的。他觉得自己虽然贫穷又普通，但因为拥有郑娟，自己好像可以变成国王。我实际上是把他的这个想法表达了出来。

但同时呢，周秉昆和郑娟之间也是在互相拯救，他们彼此都是对方的贵人。这种缘分在现实生活中是不多的——互相都觉得对方适合自己是不容易的。

我对于爱情和婚姻的看法

　　每个人可能都会经历那种不顾一切的爱情，类似于单相思的，一厢情愿地、任性地去爱对方的那种爱情。

　　可我认为，当我们使对方成为自己的另一半的时候还是要想想——这对于对方未来的人生究竟是好的，还是未见得？回答这个问题不能主观臆想，而是要通过非常理性地判断。如果双方生活在一起互相都会变得更好，那我觉得这份爱情可能会更稳定，它延续的时段也会更长一些。如果不是这样，并且也没有叩问过自己类似的问题，那么有一天对方离开了自己也是在预估之内。并且我认为也不要因此而觉得自己是被抛弃的。沉静下来想：哦，原来他不属于我，他不是适合我的那一个而已，我们要理解这一点。

　　一旦进入婚姻，尽量不要做类似于抛弃对方的那种事情。但是要包容对方离开我们的那一事实，并且也不必因此而感到羞耻。如果因此而感到羞耻，那就把自己看低了。一个人只有不看低自己，在以后的人生中才可能会有第二次、第三次的爱情。

　　另外对爱情的事情我想得比较开放，以后的人都比较长寿,活到80岁是司空见惯的事情。那么,离了一次婚能怎样呢?又离了一次又怎样呢?如果第三次找到了非常适合自己的另一半,那我们应该庆幸前两次离婚离对了,这是没有任何值得羞耻的、值得自我感觉不好的事情。

如果第三次又没过到一起去,这时倒是要问问自己,我适合和别人结婚吗?当然一个理性的人才会像这样内省,只有内省的人才会追问自己:"我适合结婚吗?我适合成为别人的另一半吗?如果不适合原因在哪儿?我能改正它吗?"我觉得这很重要,这样的态度是使双方相对处于更平等状态的一种方式。

在书中,周家的二女儿周蓉知道自己的丈夫冯化成出轨的情况以后果断分手,包括她离婚后又选择了蔡晓光再婚,其实也是在说明我对爱情和婚姻的态度。

我们在电视剧里看到的周蓉和冯化成,好像他们从来不是多么地亲密,彼此之间一开始就比较淡和冷,导致他们最后离婚了。但是他俩在一起的时候是真爱,在小说中也写到,即使他们二人刚开始共同生活的时候被迫住在贵州山洞里,也过着一段洞府仙人般的生活。只是这部分元素没有进入电视剧中,我认为如果进入会更好。

宋佳所演的周蓉在电视剧中不是一个完整的人物,在小说中就相对更完整了,因为书中她的后半生是非常精彩的。即使在离婚之前,作为大学老师她教学教得非常好,学生对她很尊敬、很爱戴，她和她的导师关系也很好，作为知识分子，她对于社会有相当精准的洞察。后来女儿和丈夫出走到别国的时候，周蓉追到国外，作为一个中国的知识女性，她用自己的言行影响到她所在国度的人们对于中国知识女性的看法。这个时候周蓉的人生上升到更高的层面，她的生命并不是大篇幅地囿于感情，这才是完整的人物和丰富的人生。

通过我对《人世间》内容的分享，期待大家可以更多地了解作品，而不是因为作品而崇拜作家。如果大家有时间和精力，希望《人世间》能够带给你们愉快的阅读时光。而且可以把它作为自己所没经历过和不了解的以前时代的生活的文字参照，通过这本书来了解从前的生活——了解从前的生活是很重要的。

只有这样，年轻人才能知道改革开放是如何走过来的，知道中国家庭的生活经历了怎样的变化。这对我们看待以后的人生，包括评估未来人生的走向、家庭的走向都会有一些帮助。也期待和祝愿年轻人可以经历更好的时代、更好的人生。

2022 年 10 月 30 日

“

郝景芳

不要怀疑，你的灵魂有金子

”

>>> 很多事情没有对与错，也没有"你选择哪个方向就一定会成功"
这种保障，只能是选定一样自己真正喜欢的东西，然后坚持"死
磕"。当你有了"死磕"的习惯，你会发现人生更加简单，而
且可能会因此到达一些自己都没有想象和奢望过的地方。

抖音扫码
收看精彩瞬间

郝景芳

科幻作家，童行书院创始人，
世界科幻雨果奖得主，代表作《北京折叠》等。

　　大家好，我是郝景芳。回首望望，我高中毕业已经二十年。借此机会，和大家分享一下我的大学生活以及毕业后近二十年的经历。

痛　苦

　　我本科在清华大学物理系读书。网上可能有一些夸张的说法，说我当时放弃了北大中文系，非要报考清华物理系。实际上没有那么夸张，我在高中的时候获得了"新概念"作文一等奖，所以只要参加高考，基本上是可以被北大中文系录取的。但我坚持考了理科，这是为什么？因为在高中毕业之前，我真没感觉到学习有任何困难的地方，也并没有觉得，如果我有一个去北大念书的机会，就必须抓住。那时我认为，考上清华物理系，不也是很容易的吗？所以就还是去考了。最终裸分比清华当年的分数线高了45分。

这是我此次分享中唯一的一点"凡尔赛"了，大学以后，一切都不复存在了。原来觉得自己成绩挺不错的，是个"人物"，从小学一年级到高三毕业，一直都是全校的第一名，一直都能升到最好的学校，结果念了大学之后，一切都被抹平了。大一第一次期中考试，力学我考了37分，真的就是上课听也听不懂，下课做题也学不会，考试的时候，就连题目都看不懂。

我再也没有了高中以前那种自以为了不起、想着"不就是学习吗？"的骄傲，上了大学，我就觉得自己是个"学渣"。而我当时最大的困难是什么呢？在于我从小学到高中从来就没有过"这门课学不会怎么办？"这样的经验，以至于到了大学，在有些课程根本就学不会、听不懂的时候，我完全不知道应该怎么办了。我不知道到底是应该请个家教给自己补课，还是刷题，还是去抱老师大腿，还是找别人求助呢？没有经验的我，当时已经完全蒙了。

大家可能会说，可以求助一下身边的同学，我也是这么想的。大一我们宿舍一共四个人，其中一个女生是通过全国计算机竞赛保送进入清华的。人家在大学里面依旧非常勤奋，每天早上六点出去学习，晚上十一点才回来，然后早早地进入了姚期智教授创办的"清华学堂计算机科学实验班"。那时候，人家的学习进度就已经"高高在上"了，每天都在忙高端的科研，根本就帮不着我，因为我不会的那些题，人家可能高二就学过了。而剩下的两位室友，各有各的特点：一个是上了大学以后就特别爱睡觉，每天早上都能睡到九十点钟，有时候连上午的课都睡过去了；另外一个女孩每天都要上网，阅读大量的网络小说。她们俩的作业也都不着急写，经常是到交作业的前一天晚上再临时补。可是即便如此，人家两位的期末考试成绩还是比我好。

那个时候，我最大的困惑就是：为什么我学不懂的东西，人家就能学懂？我也不知道自己为什么学不懂。所以，当时我对自己产生了深深的怀疑，觉得人与人的智力差别实在是参差不齐。

没能求助到女生，我就去求助男生。有次刚下课，我鼓起勇气找班里的"学霸"请教自己怎么都做不出来的一道题，他看了之后实事求是地说："这道题太简单了，我就没有做，你看看书吧。"于是我就到图书馆自习，看到我们班的另一位男生，我眼睛都亮了，走过去问："同学，今天的作业你做了吗？能借我看一下吗？"那个同学用一种非常正直的、像是"你竟然是这样的人"的眼神看着我，然后把作业一合，说："同学，我觉得你最好自己做一下作业。"

有时候到了晚上快交作业了，还有很多题目实在不会，怎么办呢？只好到男生宿舍去借。大家可以想象一下这种场面：

大半夜的十点多钟，一个女生等在男生宿舍楼底下，见到一个男生出来，就上前特别羞涩地说："同学，你作业能借我看一下吗？"结果这男生说："我借给哥们儿了。"于是，我也没有得到帮助。

在经过很长时间，无论找谁都无法获得支持之后，我发现这样的境遇也是很有好处的。好处在于什么呢？之后我就习惯了自己去上自习。早上去自习，下午去自习，晚上去自习；尤其是到了大三的时候，选了很多的课。虽然大一的成绩比较差，但还是希望自己能够被推荐免试研究生和博士生，为此需要把绩点提高，所以到了大二、大三，我每天不是在上课，就是在自习。就这样，我学会了自己跟自己"死磕"。

死　磕

那么，"死磕"是不是一定能够带来成功呢？其实不是，"死磕"到后面，也没有很成功，但是有一个好处——"死磕"成了一种习惯。

"死磕"了大学四年，又"磕"了研究生，一直"磕"到博士毕业找工作，后来就形成了一种不受结果影响的习惯：不管自己考得好不好，不管成功与失败，有没有拿到什么成绩，遭遇过多少打击，我都要死磕到底。

　　每年清华北大都有很多的学生去做心理咨询，清华大学的心理门诊从来都是供不应求、很难预约上。学生的心理压力都很大，也很难有渠道疏解。因为要面对如影随形的、非常强烈的挫败感，是很容易放弃的。还好我是没放弃，从大一考37分开始，一直坚持学习、学习、学习，想要把这些东西真正给学会了。

　　所以整个本科阶段我过得都很痛苦，天天觉得我是个"学渣"，"学渣"未来要怎么过自己的人生啊？——每天我都在质疑自己。直到毕业十年以后，我写了《论一个清华"学渣"的自我修养》。后来这篇文章被很多校友看见，有的校友说："你要是'学渣'，我就是'学沫'。""沫"比"渣"还小，说明学习更差。另一个同学又说："那我就是'学毫'。"其他同学说："我是'学分子''学原子'……"最后有个同学争着说："我是'学夸克'。""夸克"是科学家发现的最小微粒，意思是，你们没有比我更小、学习更差的了吧？为了抢这么一个称号，我们可谓用尽毕生所学，把"内卷"刻进了骨子里。

　　为什么到了毕业十年以后，大家才会相互争抢"学渣""学沫"这样自嘲的称号呢？原来在学校里面的时候，大家都不说，说明每个人对此都很在意。很多时候你以为只有你一个人是最差的，只有你一个人是孤独的，只有你一个人是艰难的，其实你身边很多人都在被同样的问题困扰着,每个同学都在经历"我从学霸到一个什么都不是的人"这样惨痛的心路历程。越是谁也不说，越是大家都有共同的感受。

真正的云淡风轻，都是走过来以后——当你已经完全不在乎自己到底是"学霸"还是"学渣"，觉得这些都无所谓的时候，才能笑着去谈论当时的事情。所以直到毕业十年后，我们才能笑嘻嘻地说出自己那段痛苦的回忆。

之所以可以变得不在乎这些，最主要的是因为到了后来，曾经失落的每一个同学都有了自己的心理支柱，不再会因为被别人发现自己是一个"学渣"而感受到自我的坍塌和崩溃。我们开始真正地知道自己是谁。在学校里面的时候，大家没迈过的是心里那个坎，因此对于外界的这些成绩、成就、称号、地位看得很重，做不到这么云淡风轻。

那么，我本科这段因为挫败而觉得痛苦的时光到底是怎么走出来的？答案是在当时就没能走出来，一直到毕业都还挺痛苦的。后来的成绩虽然不是特别差，但也只是中等。研究生时期也痛苦、迷茫，也有很多的纠结、焦虑。再后来读了博士，依旧如此。就这么一直痛苦着过来了。大家可能想听到的是一个励志的故事：大一刚来的时候备受打击，然后自己奋斗了三四年，大四时已经成为年级第一了。压根儿没有这回事，本科、硕士、博士我一直没有逆袭，就这样十年过去了。

　　而事实上，我一个人去图书馆自习，反复看、反复学、反复琢磨，其实是有结果的。研究生一年级的时候，有一天我看大一的力学书——就是我曾经学得特别痛苦、只考了 37 分的学科——一下子明白了一个之前完全不懂的问题，因此特别高兴。后来我还尝试用大一怎么学也学不会的微积分教材中的方法去解决一个现实中的利益问题，发现自己也能做出来了，满足得不行。研究生、博士生资格考试，我也一次性通过了。

　　这是不是一种成功？对于我的同学们来讲，这些根本不值一提。在相互的比较中，我依旧不是领先的。我当时的死磕，它只对我自己有意义，也就是：如果真正把你抛到一个没有人帮助你的境况，全靠你自己从低谷爬出来，全靠你自己置之死地而后生，最后扛过来了，你会发现自己还可以。

　　有了这样的经验以后，对于很多其他事情我都会更有信心——那么多挫败我都已经扛过来了，还有什么不能扛的呢？所以本科这段时间让我有了很大的成长。

　　包括我现在做的教育行业。由于前两年的一些特殊原因，我们线下的部分当时全部关闭了，同时又受到政策的很大影响，整个行业都变得非常艰难。但是，我也一直没有放弃。好多一起创业的人都离开了，也有很多人劝我说："景芳，第一次创业失败也没有什么关系，你不用非要坚持到底。"但我就是不行，我就得"死磕"，可能就是因为本科时形成了不放弃的习惯。在这个过程中还会遇到各种各样的人跑过来说：景芳，你是做内容的，公司管理交给我吧。很多资深人士跑过来说要给我提供帮助，但是我的反应是：公司管理、市场拓展这种小事，我用得着找人帮助吗？

我自己觉得，很多事情没有对与错，也没有"你选择哪个方向就一定会成功"这种保障，只能是选择一个你认定的东西然后坚持去做。其实当你有了"死磕"这个习惯，你会发现人生更加简单，而且可能会因此到达一些你自己都没有想象和奢望过的地方。

喜 欢

除了大学里遭遇的挫败感，那种充满沮丧、艰难的境况之外，我还面临一个巨大的问题——迷茫。我不知道自己毕业之后，到底应该上哪里去，接下来应该做什么。

当你真的看到自己和身边那些大神之间的差距：他们学习有多么轻松，成绩有多么好，科研有多么厉害，你会发现人和人之间天赋的差别真的很大。这倒是让我养成了另外一种好习惯，就是真正地学会欣赏别人。在读了大学，来到一个"人外有人，山外有山"的环境之后，我见识到那么多漂亮又有才华、学习成绩优秀、性格特别好的同学，才发现这个世界上厉害的人是非常多的。当你学会了欣赏，整个心都被打开了，你能看见更多这个世界美好的一面。

但是，这解决不了我的迷茫。我已经意识到自己没有什么研究上的天赋了，这辈子注定做不了科学家，而我从小到大就想做科研。从小学三年级起，我就跟人家说，自己以后想要学习物理，研究天文学。曾经的我，甚至觉得：如果不能成为一个像爱因斯坦那样对于人类做出重大贡献的科学家，剩下的都不值得做——人间其他不值得。这种感觉就像是你追求了十年的初恋，在终于来到对方身边的时候，发现自己原来高攀不起。

那么，总得去找一些适合自己的方向。后来我去读了经济学的博士，因为经济学对数学的要求没有那么高。而且我对经济学很感兴趣，对于一些社会科学也很愿意学。

转到经济学读博士之后，我还是一心想要做学术，但是快到毕业找工作的时候，也遭遇了非常多的困难。

求职的时候，我才发现：要找一个在高校做学术研究的工作，非常困难。这种境况特别现实。最近这十几年，到北京稍微好一点儿的大学应聘教职，都需要你有一个国外顶级高校的学位，甚至要求你在国外有一段工作经历。所以，像我们这种"土博"——当时人们管本土博士叫"土博"，留学回来的叫"洋博"——就特别难找工作。市场上，也没有什么适合的职位给我这种经济学毕业的大龄女青年。

我能找到的另外一些职位，就是一些金融机构，包括投行或者券商里面研究宏观经济的岗位。因为有相熟的师兄在做这类工作，我就去问他："你们那招人吗？"他说，我们内部有不成文的规定：不招女生。其他一些小的投资机构，我去面试，人家直接问："你结婚了吗？"我说结了。又问："你有小孩吗？""没有。"然后就没有后文了。人家肯定觉得：你二十七八岁了，结了婚又没有小孩，来了之后要是生孩子，工作怎么办？今天大家讨论的职场上的性别歧视，我是真的经历过的。像我这种大龄女青年，人家要么不招，要么根本就不考虑。

那个时候，我也比较实诚。面试时人家问我："你能接受加班或熬夜吗？"我说，几天还行，持续这样就不行了。"那你最多能熬几天啊？"我说，三五天吧。于是，就又没有后续了。

而想要进入那些国际化的大公司、大银行，会有很多次筛选。先是简历关，接着一轮、二轮、三轮笔试，然后还有第一轮面试、第二轮面试。因此网上会有往届学生分享的特别厚的"面试经"，告诉大家这种面试题要怎么答，可是我连这一百多页的参考答案都看不完。而且，我发现面试过程中有好多问题不能如实回答，比如：人家问"你的缺点是什么"，就得明贬实褒，自己夸自己——我的缺点全是优点。标准回答类似于"我这个人个性过于严谨，太实事求是，因此有的时候容易得罪人"。当我看到这些答案，觉得自己无法通过这些公司的面试，并且我也不太愿意花心思去准备这些内容。

　　直到有一次，我去一个小的房地产金融投资机构应聘，那里的老板也来自清华。当时他和我说了一句话，我特别感谢他。是什么话呢？他说："我觉得你不是真的喜欢我们这份工作。"这句话在那个时候是非常点醒我的。

　　他还建议我说："你应该去找一个你自己更喜欢、更适合的工作，我看你原来写过东西，你可能适合一个更加文艺的工作。"

　　为什么"你不喜欢这份工作"，简简单单一句话就能点醒我呢？它并不像我们平时经常听到的"你应该追求'真我'，不要考虑那些物质上的东西，而是追求自己人生的梦想……"现实其实不是这样的。我突然发现：当你自己不是那么喜欢一件事物的时候，别人是那么容易就能察觉到。只通过一次面试，有经验的面试官就能感受到你是不是真的喜欢他们所在的领域，你对于这个他们领域的问题有没有认真地去琢磨。

　　这句话让我领会到：做任何事情，如果我不能够投入我百分之百的心力——把我的精神、我的智力、我的思想全部放到这个事情上，如果我不是那种走路也想、吃饭也想、做任何事都想的话，是没有可能做好的。即使你百分百喜欢、非常投入的事，都有可能做不好，但凡不愿意花心思、不够喜欢的事情，就更做不好了。在自己不喜欢的领域去和喜欢这个领域的人"内卷"，怎么可能赢得成功呢？

我连一些跨国公司的面试经验都看不完，因为我对这些领域是真的不喜欢，也就没有那么大的心力去投入。如果我继续在这些领域里面找工作，最后只能反复地被拆穿：你对这份工作根本没有热情，也不太可能得到录用的机会。于是，我开始尝试找自己真正喜欢的领域内的工作。

找一份自己真正感兴趣的工作，不是阳春白雪，而是生存刚需。要在一个没有热情的领域坚持 50 年，其实你是待不住、混不下去的。只有在一个自己真正感兴趣的领域，还要拼命死磕，你才能够生存下去。那次面试让我领悟到，我没有办法假装喜欢一件事情，然后试图找到一个自己不喜欢的工作。后来我就去了一家公益机构，因为我从博士毕业就在做公益，直到现在还是非常喜欢。当然，这些都是后话了。

质 疑

接下来，我再说说我的写作。写作是我从小就一直喜欢的，从初中一年级起，我在自由写作，初中、高中时也写过小说，只不过都没有出版。直至博士毕业，我也根本不相信今后可以将写作作为自己的职业方向。本科那几年，学习有点太辛苦，我写的东西比较少，都只是片段。大四被推荐免试研究生之后，我有了更多的时间，开始重新拿起笔。

最开始投稿的那几年，被拒的次数远比收录的次数要多得多。我到各种各样的杂志去投稿，都有过被拒稿的经历。小说《北京折叠》就是在博士毕业之前写的，也被《科幻世界》拒稿了。有一些是我改了又改，换了其他的杂志发表，才得以面世的；还有很多塞抽屉、压箱底的小说，一直都没能发表出来；也有一些是我写到后来觉得太差了，就一直放着，到现在都没写好。

那么我的第一本长篇小说是怎么出版的呢？就是天天在豆瓣上面逛编辑、出版人的小组。一旦在小组里看到某某出版社的编辑，我就发私信去问："你们出不出科幻类型的小说？"一口气发了好多个编辑。终于有编辑说："我们出过这类原创小说，你把稿子发给我看看。"然后我把稿子发给他，他觉得内容很好，后来就帮我出版了。

这种也真的是机缘，我非常感谢这位帮我出版第一本长篇小说的编辑。他在那段时间给了我很大的心理上的支持——我终于知道这个世界上还是有人认可我的作品的，这是一种非常大的安慰。

但即便有出版社愿意帮我出书、给了我正向的反馈，到博士毕业的时候，我依然觉得写作这件事情根本不能当饭吃，为什么？因为对于市面上大多数的作者来讲，一本小说在出版后能卖上一两万册已经很不错了，直至现在，科幻领域的很多作者出版一本书只能卖几千册。每卖出一册，给到作者手中的版税收入，差不多是两三块钱。而作者写出一本长篇小说，可能要花一两年的时间。也就是说，作者好不容易出版一本书，并且在市场上很"可观"地卖掉一两万册，最终只有两三万、三四万元的收入，甚至比这更少。我想自己要是写小说，一年只能收入两三万元，实在养活不了自己。

在早年做物理研究的时候，我觉得自己的数学和物理天赋跟同学比差太远了；写小说的时候又觉得自己的才华跟别人比差太多了。我总是会想：才华这个东西是不是天生的？没有才华是不是干脆就别走这条路了？对自我的质疑就伴随着我对于未来道路的质疑——我不知道自己有能力去走哪条路。

这让我那十多年都特别难受，身体也变得很不好。从本科到博士，我一直激素水平低，内分泌失调。去医院检查，也查不出什么问题，只能吃药调理，西药也吃，中药也吃，可无论如何都好不起来。到了30岁以后突然就好了，什么毛病都没有。我去年12月的时候去体检，好几百项指标都是正常的。其他人到了35岁以上，身体都有些小问题，但我哪儿都好好的。我现在的生活习惯和作息还没有本科期间规律，也不像本科时候那样经常运动。我觉得只是因为我的心态变好了而已。

因此我现在特别相信身心交感：要想养生，你就每天告诉自己"我特别快乐"，这样你真的就会快乐起来，身体也会随之变好。你只需要想方设法地让自己快乐，对此我是有亲身体验的。

前几天有个脑科学专家和我讲，慢性压力对于人类来说是非常厉害的大脑杀手。因为人的大脑中，存在一个所谓的监督系统，它就像我们日常生活中的监控。比如：我们现在怀疑自己的小区进了小偷，大家就会开始严防死守，想通过各种方式找到小偷……人也是一样。如果压力使得大脑长期处于警戒状态，它就会调用身体的很多资源来进行自我审查；甚至由于这种警戒状态，它会主动关闭一些身体的生理功能。大脑会认为，都到这种警戒和战备的状态了，那些相对次要的机能就先暂停吧。

如果你长期处于这种慢性压力之下，会让自己的神经系统总在一个监督的状态，你只能一直在找"小偷"，找来找去，总也找不见。这时候，你不会觉得"算了，那我们就不找了"，而是想一直找下去。所以，一旦你自我怀疑，认为自己这也不行，那也不行，哪里都不行，总想从外界寻找"证据"，身体里的神经系统会像警察找小偷一样运作不停。哪怕没有谁贬低你，你依然不会满意；甚至别人夸你，你都无法相信，你还是会继续寻找支持你质疑自我的那些"证据"，然后陷入一个抑郁、低落、自我怀疑的恶性循环。

我是怎么从这种状态中走出来的呢？真的是一场"顿悟"。

有一天，我走在马路上的报刊亭旁边，突然之间觉得：我这样也挺好的，就这样下去吧。那一刻，我心中的怀疑忽然就放下了，后来再也没有质疑过自己。之后我再也不会去想"我是不是不行、是不是没有才华、人品是不是不好"，我就觉得，自己现在的状态挺好的。

就那么一刻，一切都改变了。以前我写完一篇小说，发给编辑看的时候，总会忐忑不安地等回复，以此证明自己到底有没有写小说的才华。如果编辑不回复，我就会有各种各样的想象，想着"坏了，这可怎么办？"如果编辑回复了，其中正面的内容我会忽略，只关注负面的信息，让自己陷入特别失落的状态。但是在那次"马路顿悟"之后，我再也不会这样了。我曾经问自己：如果这辈子我的作品都发表不了，其他人都不爱看，只有我自己愿意读，我还写不写？当时我给自己的回答是"写"，因为我是真的喜欢写作。我就自己一个人在家里写，又能怎么样，谁还能拦着我吗？

想明白这一点之后，我就什么都不怀疑了，管别人认不认可、批不批评、自己到底有没有才华呢？当你想干一件事，别人是阻止不了的，制止你的只能是你自己。从那之后，我就把自己注意力的焦点从验证"我是谁""我能做什么"，转移到了"我到底要做什么"——我只考虑自己做事的动机。只要我实现一个目标的动机足够强，我就去行动并促成。有了这样一个心态以后，剩下的所有事情都变得简单而顺利。

博士毕业后，我也找了一份自己喜欢的工作，是在一个国家智库，同时它还是一个公益组织。我们会做留守儿童和流动儿童的相关研究，会关注他们的营养健康问题、教育问题、成长发展的问题。另外我们也会研究很多宏观经济政策，负责一些国家部委的委托研究。对于这些我也很有兴趣，愿意花时间去读书、去琢磨，而且非常愿意去实地调研。

在社会调研的过程中，从大、中、小城市，到最贫困、最偏远的山里面，我都会去。这份工作给我最大的帮助，就是让我通过这个平台，见到了非常多的生活在不同水土上的、形形色色的人——经济学家、政府官员、企业家、普通人……我觉得我的心因此变得开朗，心中能容纳的世界更大了。我的人生也丰富了很多，我会知道这个世界上不只是我自己的那一点小事，原来自己心中纠结的那些事也烟消云散了——它们已经不重要了。

我现在也还在这种慈善机构做公益，包括乡村支教以及对教师的帮扶和培训。这些事情，我都非常喜欢，它们是我真正愿意花时间和精力去不断琢磨的。当初那些百页的"面试经"，我根本就看不完，但是在做儿童教育的时候，光心理学和教育学方面的书，我看了不止 100 本。在这些领域兢兢业业地去钻研，我是一点都不嫌烦的。

"在场"

　　我现在觉得，对于你的困境、你的沮丧、你的疑难，真正能够帮到你的只有行动。这是我自己走过十年困境的一点收获。

　　当我真正地把自己的关注点聚焦于感兴趣、想去为之努力的事情上，生活变得非常简单。当我开始为了自己的目标真正行动起来的时候，我会越来越有力量。因为一个人的力量来源于他的行动。越是开始行动，越是会有更多的信心和动力。

　　我早已不再去想自己天生是一个什么样的人，有没有什么天赋。一个人并非"是其所是"，而只能"做其所做"。

　　我相信存在主义的观点，"存在先于本质"。所谓"存在"就是你的所作所为，你在世界上做的事情。所谓"本质"就是你生来就注定的那些特征，比如天赋。如果我们一直都在头脑中纠结"我本质上是个什么样的人，我有什么天生的才华"，其实是得不到答案的。我们只能选择去做什么，并且为此行动，然后把所有想干的事情通过实践连缀起来，就是自己圆满的人生。

　　与此同理的还有很多心理问题的治疗，医生或者咨询师都是在用各种各样的方法激发病人真正去行动。当病人能够开始行动，抑郁或者其他心理症状才会减轻。很多心理问题都是因为这个人陷入一种无法行动的状态，所谓"习得性无助"，没有信心再去改变自己的境况。当他开始做事情了，哪怕是再小的事儿，一直坚持去做，就会发现很多问题都解决了，或者很多原来想不明白的事情，自然而然地就有了答案，这时他的状态才会随着处境变好而慢慢恢复。

现在我发现当你做事时能够实实在在地达到一种"在场"的状态，你的精神状态是最好的，工作效率是最高的。"在场"是一种身心合一的体验：做一件事情的时候，你的心里没有杂念，头脑里没有杂音。

与"在场"相反的状态则是内耗。做一件事的时候，分裂出来好多个自己，在质疑"你为什么在这儿做这么没有意义的事儿"，在担忧"我不行，我做不到"，在评判"这件事好无聊"，然后神思飘游到别处。

分裂的自己是最低效的自己。而全部身心都投入一件事情上的状态，就是心理学家讲的"心流"，它会让你感觉非常安定和舒适。这个时候工作效率最高，工作起来也最享受。

很多人看到我同时做好多事，都问我怎么做时间管理。其实我现在不做时间管理。我只是确认自己要做哪一件事情，然后就去做，连时间都不看，根本不会去思考与这件事无关的其他任何东西，更不存在因为内耗而浪费自己的时间。所以我的效率会比一般人高一些。

在这一点上，成年人是需要观察儿童、向儿童学习的。因为孩子天然就是"在场"的。他们做什么事情都是全身心地投入，不会有纷纷杂杂的念头，也就不会像成年人一样被自己心中脑中的杂念拽住，因此动弹不得。孩子总是全然地活在当下，高兴了就笑，难过了就哭，非常单纯。

所以我看到孩子的时候就觉得特别治愈。如果每天有一段时间，我可以不去想其他的事情，只跟小孩在一起待一会儿，我自己的身心状态会改善很多，这能够让我偶尔纷杂的心变得安静。

现在我女儿8岁，儿子4岁，在陪伴他们成长的过程中，我也开始看清楚自己真正委屈的是什么，自己的真实需求是什么，自己心底没有被满足的东西是什么。当我看到了自己内在的小孩，学会了如何用现在的力量去支持她，慢慢地，那个内在小孩也成长了。我抚平了很多心中的创伤，好多原以为一辈子都要耿耿于怀的事，现在变得根本不重要也无所谓了。

到今天，我对自己的状态是比较满意的：我在很多时候对自己很放心，生活过得很放松，在大部分工作中我都可以做到"在场"，而且对于接下来想要去做的事情都非常喜欢，哪怕在做事情的过程中遇到困难，我还是很享受这段历程。达到这样的生活状态，我已经很满意了。没有任何的成绩、成就，是我在今天还非常在乎或者想要追求的。就像上面讲的，连本科成绩都无所谓了，其他还有什么重要不重要？

当一切都不重要的时候，我真正看见了自己；在可以相信自己的时候，我的生活变得很踏实。所以，不要怀疑，你自己的灵魂一定也是有金子的，这个金子就是你对自己的接纳、信任和支持。当你真的看到你灵魂深处的金子的时候，很多问题也就迎刃而解了。

2022 年 10 月 27 日

"邓亚萍"

心力

往往在关键的时刻，在无数个决胜的瞬间，你才突然发现：自己为什么不敢赢？你对于达成目标的决心，为什么没有自己想象的那么强？当局面失控的时候，你为什么也跟着失控？

这一切，取决于你是否拥有强大的"心力"。

抖音扫码
收看精彩瞬间

邓亚萍

原中国女子乒乓球队运动员，
奥运冠军，大满贯得主。

各位老师，各位同学们，大家下午好，今天特别高兴来到中华女子学院，我的演讲题目是《心力》。为什么要讲这个话题？大家都知道，我们现代人在生活中可能会面临很多压力，这些压力时时都在考验我们的意志力，要成为一个强者，很重要的一点就是强大的心力。而体育带给我的，其实不是所谓的那些冠军的光环，而是强大的心理素质，也就是你们所说的——"大心脏"。所以，我们今天主要讲心力。

我其实特别想跟大家分享一下，刚刚结束的东京奥运会。

大家都知道杨倩，对吗？杨倩的最后一枪逆转，她拿到了2020 年东京奥运会的首金，大家知道这一枪意味着什么吗？意味着她拥有强大的心理素质和抗压能力。

我们对运动员有一个评估公式，这个公式是什么？实力 =技力 + 心力。这里的"技力"包括技战术的水平、力量、速度、反应，"心力"包括我们的心理素质、抗压能力、发挥稳定性以及我们的自信心。

通常，大家会忽略或低估心力的重要性，又或者不知道应该如何去培养它，那么往往在关键的时刻，在无数个决胜的瞬间，才会突然发现：你为什么就是不敢赢呢？你对于达成一件事情的决心，似乎没有自己想的那么强，这到底是什么造成的？——心力。

我认为这个世界上没有天生的强者，没有天生的赢家，也没有天生的失败者。能力是可以锻炼的，心力可不可以锻炼？是可以的。

所以，接下来我会讲五个故事，通过自己亲身的一些体悟，聊聊我们被低估的心力，以及如何锻炼强大的心力。

故事一：失败清单法

第一个故事大家可能都知道，那就是 1994 年日本广岛亚运会，我在女子单打决赛中输给了小山智丽。很多的观众、球迷，包括现在的粉丝，经常会拿这场球来问我，你为什么输给小山智丽？那么我就拿这场球来给大家剖析自己当时的心境，因为锻炼心力最重要的一点，就是敢于去面对自己，面对自己的不足。

　　坦率地讲，在这场比赛之前，我不认为我会输，因为在此之前，我们认为她不是我们的主要对手。换句话来说，我们对她在某种程度上存在一点点轻敌，所以对她的技战术的打法没有研究得特别透彻。但是对于小山智丽来讲，她对于我们却一直在研究，因为她非常希望能够打败中国队，成为亚运会的冠军。

　　大家知道我的技战术特点，进攻非常凶狠，速度也非常快。一般来讲，女孩子在跟我打球的时候，她们扛不过我前三板，因为我的进攻特别凶猛，只要我一上手，叭叭叭三下基本就可以收手了。但是在那场比赛中，三板过后，我打不"死"她，全被她防回来了。防守回来之后，她就把我的打法套路，打进了她的套路里。她是什么套路呢？相持，她的相持能力非常强，一旦我前几板打不"死"她，被她拖到后面的相持阶段，这就是我的弱点了。

　　在相持过程中，她反过头来找机会进攻我，而我的防守能力没有那么强，所以整个局势非常被动。看似我在一个劲儿地打，但是并没有很好的得分，而且被她的防守手段调动得全台到处跑，打的时候又着急，很容易就失误。人一起急，应对策略就不是那么的合理，所以那天也不知道为什么，真的就是感觉我打不动她。

　　我自己也确确实实没能在心态上，很好地把控自己，尽管我在整个比赛过程中不断地试图去反转，包括运用一些技战术的打法，但最终仍然以 1 : 3 的比分输给了小山智丽。那么，这场球我们到底为什么输了?

这里是想告诉大家第一个小技巧:在意外状况发生的时候,首先你不要害怕。害怕什么?失控。我当时就是感觉自己失控了,形势出乎我的意料,于是不知道该怎样继续,所以造成了最终的输球。

其次,列出一份负面清单。也就是在几种可能遇见的最糟糕的情况下,你该怎样去做。你尽可能穷尽这些问题,然后对应给出解决办法,当你的大脑中存在这些问题和办法,你就不会慌张,不会出现这样或那样的问题,可以完全掌控局面。

另外,你还可以放松一点,比如用一种很娱乐的心态把这些事情告诉大家,告诉自己的大脑:没事儿。也许跟朋友稍微分享一下,这件事就过去了,以此让自己产生重新掌控局面的感觉,而非失控。

很遗憾,我再没有跟小山智丽过招的机会了,这也给我的整个运动生涯留下了一点遗憾。

故事二:思维阻断法

第二个想跟大家分享的故事,就是 1996 年亚特兰大奥运会的女子单打决赛。这场比赛非常精彩，可以说是乒乓球历史上的一场经典之战，而我之所以要挑这场球来跟大家分享，是因为从实际上来讲，这场比赛是我离心态崩了最近的一次。

我的对手是中华台北队的陈静，在 1988 年汉城奥运会上，她代表中国国家队获得了乒乓球女子单打的冠军。而四年后的 1992 年巴塞罗那奥运会，拿到女子单打冠军的是我。又是四年过去了，1996 年我们在决赛相遇，对于双方个人来讲，谁能够再次拿到女子单打冠军，就意味着谁是当时世界上最强的女子乒乓球运动员，所以压力都特别大。

尽管我在心力上占有那么一点点优势，因为此前无论是在队里，还是全国的比赛，我都没有输过她，我会觉得：以前我从来没有输过你，今天又为什么会输给你？我有这样一种自信。但是反过来，对手可能正是因为从来没有赢过你，反而更加容易放手一搏。那么，比赛在关键时刻，拼的就是心战。

比赛开始，我还是非常顺利，2 : 0 领先。当时的乒乓球个人赛还是五局三胜制，那么在打到关键的第三局 15 : 15 平的时候，其实已经算顺风顺水了，再继续打下去，很可能就 3 : 0 结束了。就在这个时候，裁判叫停了，为什么叫停？因为观众席上当时乱了，据说有部分观众做了一些违反奥运会比赛规则的事情，并且在警察前去干涉时，又很愤怒地打了警察。于是，就在我们赛场上打得正胶着的时候，上面观众席打起架来了，比赛被迫停止，我们只能等待主办方处理观众席上的事情。

可能大家都知道，比赛中顺利的一方，总是希望能够乘胜追击，对吗？我们不希望暂停，甚至想打得更快一点。而不顺利的这一方，可能需要更多时间来缓解紧张的感觉，调整一下节奏。这恰恰就产生了变化。暂停几分钟之后，我们回过头来再继续打，各自的感觉就不太一样了。

结果这一局我就以两分的差距输掉了，紧接着就输掉了第四局，这意味着什么？我们之间的比分成了2：2。休息时，我的主管教练张指导给我做场外指导，其实当时已经不怎么能听进去了，我只能强迫自己：一切从零开始。我告诉自己，刚开始打的时候，我能2：0领先，但是现在是2：2，我什么都没有了。那么，我该怎么做？我应该从0：0开始，重新再来。虽然是决胜局了，但我必须如此。

既然我曾经领先过，那么我当然还可以重新跟你打，所以我做好了拼和搏的准备。而对方也发生了变化，这种变化在于，0：2落后的时候，你唯独一条——敢拼敢打，搏尽全力才能赢回来，否则没有机会。但是等到2：2的时候，你又看到了什么？你看到了赢的希望，你会觉得一定要保，而在你保的时候，我又搏了。这种反转之后再度反转，并不仅仅体现在比分上，更是反映双方在比赛过程中内心的想法。

最后，这场比赛的结果是21：5，我们俩的技术实力不可能差距这么大，对吗？胜负就在这一念之间。

关于第二个故事的小技巧，我叫它思维阻断法。也就是说，当你遇到同样问题的时候，你要给自己设立一个情绪的开关，不要想得太多。有时候想得太多，反而会影响你的发挥。

比如，新司机上路，往往会感到紧张，有时候你越是提醒自己不要撞树、不要追尾，结果车咣一下，就撞上去了。那么实际上应该怎么做？你不要反复对自己说：我不要撞树、不要追尾……而是告诉自己的大脑：我要踩刹车。重要的不是反复提醒自己，而是告诉自己怎么做，这一点非常重要。也就是说，要给大脑下达明确的指令。

我们都知道专注的重要性，只是很多时候都并非输在缺乏专注上，其实高水平的运动员在比赛中已经非常忘我了，那么他们会输在哪里？输在想得太多。所以，我们在面对关键时刻的时候，有时候不需要想得太多，去做就好了，凭着自己的感觉，果断下手，可能也就好了。

当然，你也可以给自己一些提示或暗示。如果你注意的话，会发现很多运动员有时候喜欢自言自语，你也不知道他在说什么，只有他自己知道，其实就是给自己提示，给自己信心。包括很多运动员的喊、叫，像我个人，经常会在赢球之后叫："飒！"为什么呢？就是给自己打气。这里也告诉大家，当你们遇到困难时，可以采用一个自己事先设计好的小动作，作为一种给自我的暗示，帮助自己缓解紧张的情绪。

故事三：角色定位法

第三个想跟大家分享或探讨的，是关于"我是谁"的故事。我是一个以攻为守的乒乓球运动员，什么意思呢？进攻是最好的防守，对于我来讲没有防守，只有进攻，因为我的身材也不允许我防守。

我从 5 岁开始打球，小时候个子矮，需要站在一个木头台上训练。到了七八岁、八九岁的时候，我已经把河南省该拿的冠军都拿得差不多了。10 岁时，我拿到了全国儿童组的冠军，也被送到河南省队进行集训。有一天，教练把我父亲叫了过去，结果父亲就把我从河南省队领回了家，说你不能在河南省队训练了，教练认为你没有任何的培养前途，因为你个儿太矮了。父亲问我，你自己服不服？我想，留下的小伙伴她们都赢不了我，为什么我走了，她们留下了？

所以，我说我不服，我要继续打球。但是在哪儿打球？可能就是应了那句话，当上帝为你关了一扇门，也一定会给你打开一扇窗。1983 年，郑州市女子乒乓球队成立了，于是我们就在一个废弃的澡堂里训练，里面最多只能放四张球台。

冬天室内温度低于 -10℃——水泥地、没有暖气的；夏天超过 40℃，仅仅站在那里都会出汗，就这样的条件。

但是我们这几个女孩子，通通是河南省队不要的队员，我们第一个目标是什么？——打败河南省队。我觉得人只要有这样一口气，什么困难都能够克服。果不其然，不到半年，我们就把河南队收了。结果是什么呢？我们仍然没有办法参加中国最高水平的成年组比赛，只能参加全国的青少年比赛。

后来，在我 13 岁的时候，河南队的主教练借调我代表河南省队去参加全国的锦标赛和乒协杯。我们对阵的第一场球，就是和八一队，当时的八一队特别强，队员都是像童玲、戴丽丽这样的世界冠军。第一场比赛就是我和戴丽丽打，结果我就赢了——对方可是世界冠军哦。

教练一看，我还可以用用，于是，到了下半年的全国锦标赛，就把我排在了二号位。结果，我发挥得比一号位的主力还要好，逮谁赢谁，不管是国家队队员，还是世界冠军，凡是我遇到的，全部拿下，就这样一路打到了全国锦标赛的团体决赛。

那时候我才 13 岁，这场比赛也正好在我的家乡河南郑州举办。当时没有现在的互联网，都是报纸、电台，电视也没有很普及。很多人都到现场观看比赛，他们想看看，这个不知从哪儿蹦出来的小孩打得怎么样。结果决赛的时候，我一如既往的神勇，我们队夺得了冠军。13 岁就拿到全国锦标赛的团体

初生牛犊不怕虎

冠军，当时在整个中国的乒乓球历史上是没有的。

按道理来讲，我是不是应该进国家队？但是没有，当时全国的教练一边倒，认为我是蒙的。毕竟我是打青少年组的，这些成年组的教练没有见过我，他们认为让我多打几次，我就不行了。

其实，我的打法都是围绕自己身高的不足进行的，快、狠、怪，但是我为之付出了巨大的代价。首先说腿，要锻炼出腿的速度与力量，我必须负重训练。双腿绑上沙袋，一边两斤半，总共 5 斤；身上穿上背心式沙衣，只露出胳膊，这是 25 斤。总共 30 斤的负重。我那时候 10 岁，10 岁的孩子有多重呢？相当于体重的一半负重训练，而这样的训练是每天进行哦。当我们摘下沙袋和沙衣以后，会是什么感觉？——我可以飞了。真的，我觉得武侠小说中所描述的我们中国飞檐走壁的轻功，可能就是这样练出来的。而我快准狠的打法，真的就是这样苦过来的。打法的独特性，也是不断跟教练集训锻炼，甚至到最后跟研究乒乓球材料、球拍胶皮的工程师一起研发的。

虽然我 13 岁就拿到了全国锦标赛的团体冠军，但是仍然没有人认可我，没有人认为我行。包括进国家队这件事，国家队五个教练四个反对，只有一个主教练——张燮林①指导同意我。

那么，他们当时的理由是什么呢？很多国家队的教练认

① 张燮林，中国乒乓球运动员，1972 年至 1995 年任中国乒乓球女队主教练，培养了邓亚萍、焦志敏、黄俊群等一大批世界冠军。

沙袋摘下的那一刻，我可以"飞"了

为，邓亚萍跟欧洲人怎么打？欧洲人人高马大的，弧旋球拉起来那么转，她怎么打？甚至还有人说，邓亚萍个儿这么矮，有损中国人形象……什么话都有。但是对于我来讲，唯独一条，就是赢。不管别人说什么，我就是赢。一次不行，我赢两次，两次不行，我赢三次，我就是拿实力证明自己。

最终在第三次开会的时候，张指导给他们举了个例子：你们说邓亚萍个儿矮是缺点，我倒不这么看。因为邓亚萍个儿矮，那么在她看来，球全是高的，所以她就敢进攻啊。

对我来讲也确实如此，我看球个个都是机会，并且一定将主动权掌握在自己手里：我想打就打，我想放就放，我想快就快，我想慢就慢。从这点上来讲，对我们有很大的启发——我们要掌握自己的主动权，我的人生我做主。我想，其实这也不难，对吗？

第三个小技巧就是角色定位法，简单来说，我们需要自信，这种自信就源于刚才所说"我是谁"的设定。我想方法有两个，第一种属于"基本款"，你要找到自己身上的某一种气质，或者说最为擅长的部分，联想自己崇拜的某个人或某一样事物，为自己打气，给自己信心，设立这样的一种人设或角色。就像科比把自己代入黑曼巴蛇，认为自己具有杀手的这种气质，能够像曼巴蛇一样，以99%的准确度和最快的速度连续地打击对手。这就是他对自己球技的一种期许和目标。

第二种方法就是直指本质。就像我这样，找到永远在进攻的自己，不管别人说什么，都要相信自己，通过努力，你可以踏碎他们所有的偏见和质疑。大家可以通过这样的方法去尝试，找到自己最擅长、最自信的部分，然后不断努力、乐观、向上地去追求它，好吗？

故事四：唤醒强大人格法

第四个想跟大家分享的，是我博士论文答辩的故事。

　　因为剑桥大学的论文答辩流程是完全封闭的，而且我也没有经历过答辩，内心其实非常紧张，那么又该怎么办呢？于是我就拿出了自己打决赛的感觉。

　　到了那天，我一进场，就允许自己有一个动作："啪"的一下把书包扔到地上——里面装着我的论文。我就是要给对手，也就是我的考官一种感觉：我在现场连看都不用看，内容全在我脑子里。这样一个小小的动作，其实是在唤醒自己强大内心的那份自信。不过，这份自信从哪儿而来？还是要看实力。不然，你"啪"的一下扔完了，还得想想，万一等下他问什么，我还得捡回来，这不行，是不是？

　　那么，在这个过程当中，我们其实是通过一个特定的动作，来唤醒自己强大的人格。最终在整个论文答辩的进程中，我可以非常自如地去交流。当你们步入社会，我相信你们也一定会遭遇这样的场景，面对面试官，在进场的时候就要有强大的自信，因为你越自信，别人反而会感到惊奇；你越是懦懦的，他可能还来劲了。找到一个能够建立自信的人设，你觉得自己最擅长什么，然后为之做出符合这种人设的努力，即便是一些动作也好，其他事情也好。这也与我们刚才所说的角色定位法，殊途同归。

故事五：成长型思维法

最后的故事就是不认输。

其实刚才简单回顾了一下我的成长经历，从10岁被河南省队拒绝，到疯狂地训练，我的目的就是一个——证明自己。我想赢，以此证明这样的自己可以成为一个优秀的乒乓球运动员，而不是他们想象中的选材标准。我也很高兴在我之后，所有的教练在选材这个方面，不敢再轻而易举地去否定，比如太矮了，太胖了，太高了……他们不敢这样做了，因为我告诉他们：个儿矮的乒乓球运动员，一样可以成为冠军。

包括退役之后学习英文的经历，大家可能多多少少也知道。刚到清华大学的时候，老师在第一堂课上问我：你英语什么水平？我说是零基础。当时外语系的系主任陈木胜老师非常惊讶，继续问我：你能看会写吗？我说不会。那英语的26个字母，你先写写吧。我就把能想起来的大小写字母全写上，即便如此，26个字母也没写全。我就是凭借这样的基础开始在清华大学读书的。

其实我也自认为是当时清华大学里最差的一个学生，但是我要找到我自己的自信。这份自信是什么？这份自信在于：你们都是学霸，那么我也从现在开始学习知识了，而我的经历你们都没有。你有你的长，我有我的长，对吗？所以我坚信一点，

个儿矮的我可以成为世界冠军，那么，零基础的我
也一样可以学会知识

任何事情，从现在做都不晚。

那个时候，我也特别怕有人问我，你害怕转型吗？事实上，我退役是相对较早的，24岁，在人生的巅峰选择了退役，摆在我面前的是一条笔直的下坡路。为什么？所有人都会这样介绍我——"前"世界冠军，"前"奥运冠军，光环会永远戴着，同时也是我的枷锁。

对于我来讲，24岁已经是人生巅峰了，此后无论我再做任何事情，都不可能超越自己24岁以前的成就。那么，这是不是也是一件很可悲的事情呢？24岁就已经看穿了人生，但是我好像又不希望就这样画上句点，所以我选择去学习，去读书。

所以，第五个要分享的小技巧，从实际上来讲就是成长型思维。也就是说，人在面临困难的时候，通常会有两种思维方式，一种是将困难与失败当作固定的标签，认为"我不行了"；还有一种是将其视为阶段性的结果，认为一切皆可改变，一切皆有可能。后者就是成长型思维。而我恰恰认为自己24岁之前的成就已经翻篇了，那么，我就可以顺理成章地开启下一个征程。遇到问题，我就解决问题，遇到困难，我就解决困难，所以我一直在积极地把控自己的人生。

那么，具体应该怎么做呢？第一，犯错的时候，不要说"我犯错了"，而是要反过头来，转念勉励自己：犯错是为了让我变得更好。第二，遇到困难的时候，不要说"我不会"，而是要说什么？"我正在努力地提高。"第三，每当我们觉得已经"差不多"的时候，应该想想：我可不可以做得再好一点？你看，所有这些做法其实都是出于积极的心态，对吗？如果你总是这样积极的心态，对自己的要求再稍微高一点，再努力提高一点，你就会越来越好。当你养成了习惯，你在思维模式上就形成了成长型思维。

今天分享给大家一个关键词——英文单词 Yet①。在我们遭遇打击或困难的时候，可以给自己一个心理的暗示，凡事都在后面加一个 Yet，也就是告诉自己：这件事情还没结束，你们怎么就下定论，说我不行了呢？就像 10 岁的我，如果那时候我也认为自己不行了，整个故事不就完了吗？可那时候我觉得没完，我要去努力，于是这个故事就有了结果，是吧？

最后，我想把奥斯卡最佳影片《绿皮书》里的几句台词送给大家：

Whatever you do, do it a hundred percent.

When you work, work.

---

① 暂时的，到目前为止。

When you laugh, laugh.

When you eat, eat like it's your last meal. [1]

　　胡适先生有句话：成功不必在我，而功力必不唐捐。[2]心力素质对于我们每个人来说，并非天生欠缺。每个人都有强大的内心，只不过你们没有很重视它，并加以挖掘和训练。实际上，我们可以通过一些方法来培养和锻炼自己的心力，我也特别希望大家能够成为心力的强者，用一个强大的内心，去迎接你们的未来。

　　谢谢大家！

2021 年 10 月 22 日

---

[1] 无论做什么，都要竭尽全力。工作的时候尽力工作，笑的时候尽情去笑，每一次吃饭，都当作最后一顿饭。

[2] 胡适《赠与今年的大学毕业生（1932）》，据《独立评论》第七号（1932 年 7 月 3 日出版）。

"郦波"

三条鱼与一棵树

>>> 每个人的内心，本来就有一条鱼，一条时刻准备化而为鹏、展翅飞翔的鲲。只有冲破一层层的束缚，然后拾级而上，才可以展开生命中真正的飞翔。

抖音扫码
收看精彩瞬间

郦　波

学者，南京师范大学文学院教授，博士生导师。

代表作有《王世贞文学研究》《五百年来王阳明》等。

　　同学们，大家好，我是沧溟先生——郦波。非常期待这一场相逢，今天终于来到同学们的面前。我们的课堂叫《开场白》，我也有一句开场白，来自我特别喜欢的叙利亚诗人阿多尼斯[①]的一句诗，我把它译为：每一天都是有毒的，但每一分钟里都藏着解药。[②]

　　我们在生活中经常讲"躲得过初一，躲不过十五"，对不对？但其实我们躲不过的是每一天，而这每一天居然都是有毒的，看来我们每个人都中毒已深。可是每一分钟里又都藏着解药，那这个解药到底是什么呢？

　　要明白解药是什么，就应该知道毒到底是什么。放在哲

[①] 阿多尼斯，原名阿里·艾哈迈德·赛义德·伊斯伯尔，叙利亚著名诗人。阿多尼斯迄今出版创作了《风中的树叶》《这是我的名字》等50余部作品，包括诗集、评论、散文、译著等，曾荣获布鲁塞尔国际诗歌奖、格林扎纳·卡佛文学奖，以及德国歌德奖等国际大奖。近年来，他一直是诺贝尔文学奖的热门人选。

[②]《生活报》（2015—2017年《阿多尼斯专栏》）。

学的层面上，我们需要思考的是：人生的困境是什么，而超越困境、摆脱困境的智慧与方法又是什么。这也正是我们今天的讲座——《三条鱼与一棵树》，即庄子的三条鱼，和心学的一棵树。

成长困境：每个人的内心，都有一只待飞的鲲鹏

首先，我们来说成长的困境。庄子最有名的那条鱼，相信大家都知道。北冥的那条鱼叫什么名字？——鲲，它可以说是我们华夏文明史上最大的一条鱼了。只要你翻开《庄子》，开篇第一页就是《逍遥游》：

> 北冥有鱼，其名为鲲。鲲之大，不知其几千里也；化而为鸟，其名为鹏。鹏之背，不知其几千里也；怒而飞，其翼若垂天之云。是鸟也，海运则将徙于南冥。南冥者，天池也。
>
> 《齐谐》者，志怪者也。《谐》之言曰："鹏之徙于南冥也，水击三千里，抟扶摇而上者九万里，去以六月息者也。"野马也，尘埃也，生物之以息相吹也。天之苍

苍，其正色邪？其远而无所至极邪？其视下也，亦若是则
已矣。

　　这一段大家都很熟，为什么？因为中学时背得都很辛苦，
是吧？《逍遥游》是必背篇目，虽然当时辛苦，但其实你应该
感谢当年的辛苦，否则到了今天，你连电影《大鱼海棠》都看
不懂。可以说，这条鱼深深地扎根在我们每个中国人的心目中。

　　可是，这条鲲你真的熟悉吗？你细想一下，这段文字是不
是有问题？首先，鲲之大不知其几千里也，这说明什么？说明
它已经是北冥中的"巨无霸"了。用资本市场的话语来讲，它
就是垄断寡头，既没有生存的忧虑，又活得自由自在，干吗非
要跑到南冥去，难道南冥有条母鲲？——也有可能，是吧？为
了爱情，小到蜂鸟，大到鲲鹏，都可以竭尽全力飞越千里。

　　但是，你要去南冥，你就去呗。要知道，在庄子的世界里，
我们中国最早为什么叫"中国"？因为这是一块中央大陆，四
面都有大海围绕，位于最北边的叫北冥，最南边的叫南冥，东
边的就是东海，西边的就是西海。所以，在很多神话传说里，
不论是《封神演义》，还是《西游记》，动不动就是"四海龙
王"，对吧？四位神仙得聚齐，凑够一桌麻将。也就是说，如
果鲲要到南冥去找它心仪的那只母鲲，直接游过去就完了，为
什么要费那么大的劲，还要化而为鸟？要知道，这是迁跃了一
个物种，从鱼类迁跃成鸟类，然后还要飞到南冥去。

并且，这只鸟可太难飞了，为什么？这是一只大大大大大大鸟，想要飞啊，那更是不得了。难度太大了，所以必须等到什么时候呢？"去以六月息者也"，一般解释为：要等到六月，海上起了大风才能飞。但其实庄子又在后面补充说："野马也，尘埃也，生物之以息相吹也。"这里的"息"不仅仅是指大风，而是说天地间的契机，在积淀沉厚到一定的程度，它才有可能一飞冲天。

那么，你飞就算了，可是你看这只大鹏鸟，它是怎么飞的？"抟扶摇而上者九万里"。根据这句话，我们可以确定直升机的发明专利属于庄子，属于我们中国人。为什么呢？你看所有的鸟，都是沿着一条斜线，扇动翅膀扑扑腾腾地飞起来，所有的战斗机也都是这样飞的。可是庄子的这只大鹏，它是直着向上飞的，这是我们在人类文献中见到的关于直飞的最早的记载。所以我说，直升机的发明专利应该属于庄子。

为什么要直着向上飞？大家有没有想过这些问题？因为，非如此不得逍遥，非如此不得真正的自由。只有冲破一层层的束缚，包括生命的束缚，甚至是物种的束缚，然后拾级而上，才可以展开生命中真正的飞翔。

但是，在这个过程中，我们会面临各种各样的困境，而且是时时刻刻、每个时代都会面临的。比如说，对于我们今天的年轻人来说，这个时代最流行的一个词是什么？——躺平，躺就算了，还要躺得够平。年轻人为什么躺平，我们当然可以理解，其实严格从社会学的角度来讲，躺平不只是一种独属于青年人的忧虑，也是一种时代焦虑。因为我们都知道，躺平源于内卷，而他们平时内卷得太厉害了。

"内卷"这个词，这两年也特别火，从时代的角度来说，我们有责任去打破这种内卷。比如说，我们教育领域，现在讲"双减"时代的到来，其实就是打破教育领域的内卷；比如说，经济领域的"双控"，也是为了打破经济领域的内卷。但是，放在个体的层面上来讲，是，当下卷得很厉害，躺平也可以。只是，别躺得太平，也别一直躺下去，躺一会儿，记得起来。别忘了，我们最喜欢唱的国歌："起来！不愿做奴隶的人们……"起来，不要总躺平的。

同学们，年轻人不能一直躺下去，躺一辈子，那就成了"躺尸"，况且，我也不相信有人能够躺一辈子。所以，我们必须起来，为什么？因为，生命的终极意义叫作：生命不息，成长不止。这是生命的价值所在。

其实每个人的内心，本来就有一条鱼，一条时刻准备化而为鹏、展翅飞翔的鲲。比如，一位名叫王书童的小伙子，去年他从泰安第一中学毕业。19岁才读完中学，可是同学们不知道，对于他来讲，读完中学是一件多么不容易的事。他天生患有进行性肌萎缩症，也就是我们熟知的渐冻症，这是一种退行性疾病，并且具有遗传性。像书童，脊柱侧弯，他只能终身坐在轮椅之上，近视 700 多度。可是，命运如此不公，不要说飞翔了，连走路的权利都被命运剥夺的他，内心依然有一种飞翔的梦想。

他喜欢听《百家讲坛》，喜欢诗词和中国传统文化，所以，在艰难地完成中学的学业之后，他希望能够实现自己的一个梦想：现场听我的一堂课。于是去年这个时候，我特意在我们南京师范大学的校园里，开讲了秋季学期的第一堂课，专为书童所讲。记得当时在现场，我对书童说，患有这种疾病最严重的那个人叫霍金，当他坐在轮椅上全身只有三根手指能动的时候，却洞悉了整个宇宙的奥秘。书童，你也可以，虽然你不是物理学家，人生历程也与霍金不尽相同，但我相信你的内心里一定有属于自己的飞翔的梦想。

每个人的内心里，都有这样一只鲲鹏，不论面临怎样的困境，都要有飞的愿望、飞的梦想，让我们飞得更高。

情绪困境：当手机异化成当代人的外挂器官

说到庄子的第二条鱼，其实同学们对它的故事也非常熟悉，可能只是对故事的主人公不熟悉，那条鱼叫鲦。

人类历史上第一场伟大的辩论赛，也是庄子记载下来的，而且就发生在他和他的好朋友惠施之间。庄子是道家的先哲，惠施是名家的先哲。名家特别喜欢辩论，对吧？道家就更不用说了，所以两个人是好朋友。

秋高气爽的一天——《秋水篇》嘛，大概就是这个季节，庄子在家无事可做，大概就发了条短信给惠施："老惠，干吗呢？要不一起去秋个游啥的，正好国庆长假……"于是惠施欣然前往，两个人就来到濠水河边，游于桥上。庄子同学很开心，说：你看，水里的鲦鱼多快乐。惠施立刻一歪头，说了一句名言："子非鱼，安知鱼之乐乎？"——你又不是鱼，你怎么知道鱼快乐不快乐？庄子是什么人，对不对？什么时候输过阵仗？立刻回了惠施一句：子非我，安知我不知鱼之乐乎？

我们太熟悉这个故事了，但是这种熟悉一般也就到此为止，体现了庄子同学的急智。然而，庄子这样的反驳根本难不倒惠施，他立刻回答说："我非子，故不知子矣"——我不是你，所以我不知道你的想法。同理，"子固非鱼也，子之不知鱼之乐，全矣！"——你也不是鱼，所以你不知道鱼的快乐，这是可以确定的。这句话一说，作为国际大专辩论赛的评委，我基本上可以判惠施同学赢了这场辩论赛,因为逻辑太完整了。

可是，庄子同学能这么甘心输掉这场辩论赛吗？没有。他还在说：请循其本——让我们回到原本的问题上来。子曰"汝安知鱼乐云者"——你问的问题是"你怎么知道鱼快乐不快乐？""既已知吾知之而问我"——这句话的潜台词是：你已经知道我知道鱼快乐了。既然你的问题原点是"汝安知鱼之乐"，庄子同学说，咱们俩关系这么好，我有必要瞒你吗？我只告诉你，我就是"知之濠上也"——我就是在濠水河边、濠梁之上知道鱼快乐不快乐的。

这叫什么？这叫诡辩，这叫偷换概念。因为惠施同学问的是：How are you？庄子同学回答的是：Where are you？是不是？因为古文中的"安"字具有多义性，那么庄子同学就把"你是怎么知道的"偷换成了"你是在哪儿知道的"，所以回答说，我就是在濠水河边知道的。至此，这场人类历史上的第一场伟大的辩论赛戛然而止。

虽然最后总结陈词的还是正方庄子同学，但是如果请在座的同学们打分，从辩论赛的角度来看，你们会判哪一方赢呢？毫无疑问，是惠施同学，对吧？那么，庄子不知道自己输掉了这场辩论赛吗？问题来了，这场输掉的辩论赛是谁记载下来的？是惠施吗？是庄子，是我们无比傲娇的庄子同学。他为什么会记载一场自己失败的辩论赛，而且还将其作为整部《庄子》的结篇——《秋水篇》？大家都写过高考作文，最后一段要怎么样？总结中心思想，要升华主题的。将鲲鹏直飞的故事《逍遥游》作为开篇，是为了点明主旨，那么，把这场鲦鱼之乐的辩论赛作为结篇，也一定是点明主旨。

什么主旨？庄子同学在说，你知不知道我快乐不快乐，不重要。逻辑不重要，过程不重要，快乐本身最重要。鱼快乐，我快乐，我们之间充满了快乐。你看，天地间有一种大道，那种情绪只有到"道"的层面才能感知。

　　听到这一段的时候，我们哈哈一笑，当时很快乐，过后还有那么多的烦心事。现在生活中充满那么多的冲动型的社会现象，什么路怒等一些极端的事件。我们看到这些新闻，都不能够理解，现在的人们怎么会如此冲动，缺乏理性。哪怕只是面对一部手机，我们的情绪都会简单地随之起伏，完全不能自主。

　　说到手机，这个时代最大的异化物，我们今天在场的同学们有没带手机的吗？举个手我看一下，不可能，对吧？没带手机你早坐不住了。那么我再问一下，生活中有吃饭时从来不看手机的吗？有没有同学上厕所时不带手机？有没有人睡觉前从来不看一眼手机的？有吗？还真有，这位同学，你真不愧是人类在地球上的最后一个火种。你就不知道手机是啥，是吧？

　　说老实话，连我也做不到，尽管我对手机已经非常克制了。我们知道，手机发展到今天，已经成为人们的一个外挂器官。作为一个研究中国文明史的学者，我经常会有一种困惑，不知道同学们有没有。比如说写论文或看书的时候，我经常需要去查阅一样资料，或者一个词语。当我打开手机，进入搜索网页之后，往往会有几个新闻页面跳出来，大数据很可怕，它知道

你喜欢看什么样的内容。于是我就忍不住要点一下，当我看了
一会儿之后，经常是：咦？我刚才要查什么呢？我刚才要干吗
来着？怎么都想不起来，我就很苦恼这一点。

这实在违反一个学者的逻辑性思维。为什么会这样？是因
为它的技术设计原点叫作信息的超文本链接。这种设计的实现
手段，就是当你浏览碎片化信息之后，通过大数据分析，根据
你的期望、你的性格、你的习惯、你的选择，迅速地导向无数
下一个信息链接。于是，它就形成了一种碎片化的阅读方式和
信息获取方式。这一点，对我们的生活影响太大，最终导致我
们养成了碎片化的行为习惯，碎片化的思维习惯，以及碎片化
的情绪表达。

关系困境：相濡以沫，不如相忘于江湖

我们每个人都面临情绪的困境。当然了，如何突破情绪的
困境，是一个需要整体考虑的问题。我们还是接着来说说庄子
的第三条鱼。这条鱼没有名字，但有人误解它叫鲋鱼，其实就
是我们日常熟悉的鲫鱼。

这条鱼面临的困境是什么呢？——泉涸。也就是说，池塘

要干了。"鱼相与处于陆，相呴以湿，相濡以沫，不如相忘于江湖。"

最后两句，大家都特别熟，我们一般形容夫妻情深，总会说他们风雨相持，相濡以沫，对不对？所以，在我们的生活中，"相濡以沫"是一个绝对的褒义词。可是，这个原典的出处在庄子那里，他说：相呴以湿——在快要干涸的池塘里，两条鱼互相吐着湿气，去湿润对方。在生命中最大的困境里相互帮助。

怎么样？按道理来讲，很感人。可是，庄子又为什么说"不如相忘于江湖"呢？不光道家这么说，在《大宗师》里，紧随其后，孔子也跳出来说："鱼相忘于江湖，人相忘于道术。"为什么？是因为儒家和道家都认识到：人不仅具有自然的属性，还具有社会的属性。而作为社会中的人，必将面临关系困境，即使是相濡以沫的夫妻、爱人。

爱情当然美好，可是，每个人都是有棱角的。如果棱角过多、过密，会是什么？是刺猬。大家都知道这个比喻，两个相爱的人就像刺猬，在寒冷的冬天彼此相拥，互相取暖。可是如果靠得太近，一定会怎么样？——刺伤对方，只有各自拔去身上的一部分刺，找到合适的距离，才能温暖对方。

所以，在关系困境中，伤害是相互的。面对最亲近的爱人尚且如此，更不用说在疏离的现代社会中了。前两天，我在网上读到一句话，以为特别深刻。他说，生命中最荒唐的是在烂事里纠缠，遇到烂人要及时抽身，遇到烂事要及时止损。说起来容易，做起来很难。

儒家认为，关系越近，困境的程度越大，人与人之间越难相处。所以，大家有没有发现，儒家关于人的成长有一个观点，叫作"儒生八要"，最后四项——"修身、齐家、治国、平天下"特别有名？

按照西方的哲学和社会学理论，一个人读书，这叫"修身"，"修身"完就可以去治国、平天下了。只有中国文化里，特别加了一个"齐家"。所以中国有那么多的家训，我也曾讲读过《曾国藩家训》。为什么？因为儒家认为，与家族及家人的关系是最难相处的。

因此，在儒家理论的设计里，"齐家"是一块处理关系困境的试验田。深刻吧？那么，与我们关系最近的是谁？父母、妻儿、爱人？不，是你自己。和自己相处尤为困难，与自己和解尤为不易。

所以，哲学往往会首先面临个体生命的精神世界这一层面。我们只有先和自我和解，与自己的关系融洽了，然后才能学会与他人相处。"何妨吟啸且徐行"的时候，就是东坡先生与自我的和解，然后再去看这个世界，才能"也无风雨也无晴"。

在中国哲学里，突破关系的困境，叫"合一之境"，包括天人合一、阴阳合一、知行合一，这才是生命最好的状态。不过，你必须明白困境在哪儿。所以，无论是成长的困境，情绪的困境，还是关系的困境，其实回到根本，是生命的困境。

生命困境：做一棵开花的树

谈到生命的困境，我们就要说到王阳明先生心学的那一棵树。其实在接触阳明心学之前，我记得自己在同学们的这个年纪，特别喜欢席慕蓉老师的那首诗：

> 如何让你遇见我
>
> 在我最美丽的时刻
>
> 为这
>
> 我已在佛前求了五百年
>
> 求佛让我们结一段尘缘
>
> 佛于是把我化作一棵树
>
> 长在你必经的路旁
>
> ……

因为这首诗，我后来给自己取的网名叫"一棵树"，一棵开花的树。其实诗和哲学是相通的，研究阳明心学之后，我还知道了在阳明心学里也有一棵开花的树。

如果不是研究中国哲学史，可能年轻人对王阳明先生不是特别熟悉。可是，在这个时代，我认为每个人都应该学一点阳明心学。为什么？王阳明先生在明代横空出世，当时人以为他的厉害之处在于以文臣带兵，平南赣之叛、平宁王之乱、平广西匪患，平生大小百余战，未尝一败，堪称一代儒将。但其实阳明先生更大的功绩是什么？是悟出"心即理""心外无物""致良知""知行合一"的阳明心学，在理学的桎梏下生生"杀"出一条血路，解放每个人的心灵。

阳明先生生于 1472 年，郦老师生于 1972 年，所以，我写了一本书叫《五百年来王阳明》，五百年来你所知道的中国历史乃至东亚历史上的所有牛人，不论政治、经济、文化各个领域，几乎都是或者都曾经是阳明心学的信徒。

在阳明心学里，有一个著名的典故，就是那"一棵开花的树"，非常有意思。有一次，阳明先生带着学生、朋友去南镇，他这个朋友就问：先生说天下无心外之物，但是你看，那处岩石中有一棵开花的树。如此花树，在深山中自开自落。那么你所说的"心外无物"，与我心有何干呢？如果我们没有来到南镇，没能看到这棵开花的树，难道它就不开了吗？自开自落不也是一种美、一种境界吗？

阳明先生当时笑曰：汝未来看此花时，此花与汝同归于寂。

汝来看此花时，则此花颜色一时明白起来，便知此花不在汝心之外。

这一段话非常关键，"岩中花树"的故事之所以令人五百年来争论不已，就是因为阳明先生没有直接回答，那么阳明先生到底在说什么呢？其实最终的结论还是——心外无物，此花仍不在你的心外。

结论很明确，那么论证过程说的是什么呢？首先我们来看，"你没有来看此花时，此花与汝心同归于寂"。什么寂？我们可以组个词——"寂寞"。我们现代人都很孤独，而"寂寞"是一种什么样的状态？

从训诂学的角度来解释，我们先看"寂"这个字怎么写，宝盖头下加一个"叔"。"叔"这个字，其实在早期的甲骨文中并不是"叔叔"的意思，那是什么呢？它的右半边是"手"，而另外的半边原本在文字学上也有争议，有人认为是一个豆器，也有人认为是一根木杖，整体来讲，"叔"应该是手在捡拾豆器或者木杖的样子。为什么要捡拾豆器？豆器是古时装豆子、盛放食物的一种器皿，而食器在进入夏商周时期之后，大多演变成了什么？——祭祀的礼器，所以豆又是重要的礼器。

回过头来，再看这里的宝盖头。我们都知道，它是"房子"的意思，那么，最早的房子，是给人住的吗？是。但是据郭沫若先生考证，早期的房子，在居住功能之上还有一个重要作用——作为最早的祭祀场所。

而"寞"这个字，里面的"莫"，其实是"日暮时分"中，"暮"的本字。它的甲骨文怎么写呢？首先是"艸"，也就是"草"，对吧？中间是个"日"字，也就是太阳；底下又是"草"。按照四角部首查字法，这个字的结构就是四角"草"、中间"日"。整体是什么意思呢？太阳落到草丛中去了，说明天色已晚。所以，当人们祭祀神灵到太阳落山之后，说明什么呢？祭祀已经结束了。

那么"寂寞"这个词，是指：祭祀完成，收拾起礼器，此时我们的神明已经离开了我们，这种状态叫作寂寞。所以，我们的寂寞不是失恋，因此寂寞得要命，而是指价值和信仰离开了。

古人认为，寂寞是一种价值剥离的状态。好啦，这里的"寂"字很关键。所以，阳明先生说：汝未来看此花时，此花与汝同归于寂。

接下来，"当汝来看此花时，此花颜色一时明白起来"。请问，此花是什么颜色？红色？黄色？应该是千姿百态，对吧？"明"字就不用说了，那么"白"是白色吗？"白"字在甲骨文中，是一张口里有两个舌头，为什么有两个舌头呢？是因为在反复地说话，形容一个人极尽表达。我们在生活中遇到特别能说的人，也会说他"瞎白话"。但是"白"的本义其实是指：祭祀活动中，巫祝在替神宣誓、将神的意志和价值告诉大家的时候，那种宣导的状态。

　　所以，在这个论证过程中，推导出了"此花一时明白起来"。阳明先生在说什么？他在说一种价值的存在，生命的存在。在阳明先生或者阳明心学看来，比客观存在更有意义、更有价值的就是生命本身，生命本身就应该是一种价值存在，生命本身就应该是一棵开花的树。所以，因你所见，世界存在。

　　生命是一种困境，可是如何突破这层困境呢？很简单，做一棵开花的树，等谁来呢？可以等他人来，但最重要的，不是等人来，而是等你自己来。等你自己内心的觉醒，然后就会花朵盛开。

　　谢谢大家。

2021 年 10 月 8 日

"喻丰

幸福有术"

>>> 有时候我们轻率地做决定，有时候我们深思熟虑地做决定，有时候我们想了很久、纠结着去做决定，这个决定不一定是最优的，你也可能会后悔，但是做出这个决定并为此负责，本身就已经是一件很幸福的事情。

抖音扫码
收看精彩瞬间

喻 丰

武汉大学哲学学院心理系教授，博士生导师。

曾获教育部高等学校科学研究(人文社会科学)优秀成果二等奖。

很高兴和大家分享我所做的研究，我研究的方向是积极
心理学，可能大家知道"心理学"是什么意思，也知道"积极"
是什么意思，但不知道把这二者放在一起是什么意思。简单
来说，"积极心理学"可以被理解为"幸福的科学"，所以
今天的主题是"幸福有术"。我也特别想通过交流积极心理
学的方法，让大家明白如何使自己的日常生活更幸福、更快
乐一些。

微笑的价值

笑的时候脸上总会有些变化，而心理学关注的一定是科学
的、客观的变化指标，脸上肌肉的运动就是客观的指标。那面

部肌肉的运动会造成什么？会使眼睛眯起来，眼角的皱纹变多，面颊提高，嘴角往上，牙齿露出来。有这些特征的"真笑"叫迪香式微笑。迪香式微笑是由法国医生迪香首先发现的，这种笑不同于礼貌性的微笑，它比礼貌性的微笑更有感染力。

如果在现实生活中有一个人朝你笑，你分得清楚是真笑还是假笑吗？不妨对比美国电影演员茱莉娅·罗伯茨的这两张照片，看看哪个是"真笑"。

右边是真笑，因为它更符合刚刚说的真笑的那几种特征：眼角挤出鱼尾纹，牙齿露出来，等等。为什么我要讲"微笑"这件事情呢？因为这阐述了一个基本的心理学原理：在现实生活中，我们似乎不仅会因为开心而笑，还可以因为笑而开心。

为什么笑能够给人体带来兴奋的、快乐的感觉？心理学有一个简单的理论叫"面部肌肉反馈假说"，它告诉我们：每个人的情绪都是和这个人的表情联系在一起的，我做出什么样的表情，实际上就会体会到什么样的情绪。当然我有什么样的情绪，我的脸上也就会展现出什么样的表情来，这二者相辅相成。

下面这幅漫画，就很好地表达出了我所研究的内容的感觉。

这个人肩上扛着重物，看起来很轻松的样子。然后他把这个重物放到秤上，发现这个重物原来这么沉，这时他再扛起来的时候就觉得很力不从心了。为什么会这样？这就是积极心理学想要告诉大家的：外部的世界都是一样的，而我们每个人都活在自己的感受里，活在自己对外部世界的加工之中。因此，你当然能以一种消极的或者是更不好的方式来看待这个世界，不过，那为什么不以一种更愉悦的、更良善的、更积极的方式来看待这个世界呢？这就是积极心理学想说的，我们的态度切实地影响自己后面的行为。

重还是不重呢？

这样一张孩童的迪香式微笑的照片，
最容易使你丢失的钱包得以归还

　　实际上，"笑"这个表情还有其他的好处。大家知道在钱包里面放什么东西，最容易在不小心掉落之后被归还吗？是照片。那么，放什么照片最好呢？

　　英国有个心理学家叫理查德·怀斯曼，他把 240 个钱包扔在英国爱丁堡的街上，然后他发现平均有 42% 的钱包会被送回来。其中归还率最高的一组钱包，是里面放有一张孩童的迪香式微笑的照片，它最容易使人做出失物归还的诚实反应，归还率大概为 88%。其次，是放有一张宠物狗照片的，但归还率马上降至 53%。如果你把自己一家人的照片都放到这个钱包里面，归还率才 48%，比刚刚的 53% 还要低。如果你在钱包里放的是一对老夫妇的照片，归还率就只有 28% 了。你还可以放一些其他的东西，比如为了证明你是个好人，你在里面放英国的慈善卡，或者献血证，这和钱包里什么都不放的归还率差不多，大概都低于 20%。这说明"笑"是有作用的，是吧？它很有感染力。即使是一个微笑的简笔画，也会对我们人类的心理有比较强的效用。

我们再来讲一个有关"笑容"的研究。请问大家有拍高中毕业照的经历吗？在毕业照上你笑了吗？加州大学伯克利分校有一个老师叫达彻尔·凯尔特纳，有一次，他以杰出校友的身份回自己的中学母校做演讲，之后校长带他参观校史馆。校史馆的陈列是非常丰富的，有每一级每一个高中毕业生的照片，几十年前的照片都还留着，照片后面还附有名字和联系方式。凯尔特纳就说："我能不能把这些几十年前的照片全部拿回去，用来做研究？"校长同意了。

拿回去之后，他让自己的研究生干两件事情。第一件事情，是给每一个人的高中毕业照编码，然后评估一下这个人笑得有多开，越高兴的人，微笑值越大。第二件事情，是让研究生给三十年前毕业的人打电话。首先确认他的身份，然后问他身体怎么样，最近的体检结果怎么样，再评估微笑值和健康状况之间的关系。你们猜会得到什么样的结果？他发现：那些在高中毕业照上笑得比较好、有所谓"迪香式微笑"的人活得更长，而在高中毕业照上笑得没那么开心的人存活率要低一些。当然，这只代表这二者之间存在一个相互关联的关系，并不一定是因果关系。

实际上还有更多的心理学研究发现，根据一个人积极、幸福、快乐的程度能够预测这个人的寿命。以下这些都是心理学研究得出的相关数据结论：大概有 90% 快乐的人能够活到 85 岁，大概只有 34% 不快乐的人能够活到 85 岁；大概有 54% 快乐的人能够活到 94 岁，大概只有 11% 不快乐的人能够活到 94 岁。"快乐"的效用还挺强的，是吧？

研究还发现，幸福能够让人增加 7.5 岁的寿命，一个幸福的老人可能比不幸福的同龄人多活 20 个月。那些幸福的人，健康问题会更少。他们更少得溃疡，更少过敏，更少中风，更少得不治之症。

我讲的这些数字很干对吧？那我们可以来做一个比较。每个人都知道吸烟有害健康，我的孩子才 4 岁，就已经被老师告知了"吸烟有害健康"，他甚至没见过烟，但是都知道这件事情。

联合国世界卫生组织的一项调查显示吸烟的人比不吸烟的人平均少活 4 岁。但是我们积极心理学研究发现，幸福的人比不幸福的人要多活 7.5 岁，这是什么意思？大意是快乐、幸福地吸烟还可以多活 3.5 岁是吧？大家都不知道幸福快乐有这么大的用处，但是所有人都知道抽烟有很大的坏处，其实幸福快乐给人带来的好处要远远大于抽烟带来的坏处，这就是我想把积极心理学分享给大家的缘由。

积极心理学不是鸡汤

　　曾经，我也以为这些是鸡汤。甚至我本人作为一个积极心理学的研究者，都这样觉得。怎么会只要听起来让你高兴、让你快乐，一切就都好了？直到我的亲人里真实地发生了一件事，我才感受到幸福和快乐是有用的。

　　我有一个姑父，他生活在湖北农村，一辈子都没有走出过我们那座小县城。有一天，他从工地的二楼摔下来受了伤，就去做了一次全面的体检。结果，检查出得了癌症，并且已经是晚期了。医生说，要么治疗，大概还能活三个月；要么干脆就不治了，可能只能活一个月。在这种情况下，如果是你，会怎么选？我的姑父就觉得，也没什么钱，就不治了。

　　那余下来的日子干什么呢？他想，自己一辈子都没有走出过家乡这座小县城，在死之前一定要出去看看。于是就去银行，取出自己为数不多的积蓄，到海南待了一个月。他惊奇地发现，自己没死。于是，又继续待了一个月，还是没死。从海南回来，再沿途去广东待了一个月，他发现自己竟然还活着。就这样，钱花完了，他重新回到老家，在山上找到一座年久失修的破庙，自己一个人住着。他甚至还开垦了一片田，养了一些花花草草。大概过了四五个月，我这个姑父才去世，就埋在了那座山上。在医学没能解决他的问题时，是幸福和快乐救治了他，给了他一段不可多得的时光。

所以，积极心理学不是鸡汤。这个世界上有很多的鸡汤，比如我小时候我爸就会给我发"哈佛不眠夜"的图片——你见过哈佛大学凌晨四点的图书馆吗？——以此勉励我一定要好好学习。后来，我去过哈佛大学，发现它的图书馆并不是图片中的样子。所以不要相信鸡汤，鸡汤都是假的。

而且积极心理学也不是要人完完全全、每天每时每刻都要幸福。我不知道各位在日常生活中有没有遇到过那种特别积极的人。我有个同事，每天都是兴高采烈地和我打招呼，兴致勃勃地跟我说话。我有次问他老婆："你家老刘晚上回家是什么状态？"她说，状态总是不怎么样，都不想理我跟孩子。这验证了我对他的判断，他白天花了很多的精力来压抑自己的负面情绪，让自己展现出一个非常好的正向、积极的样子，但一个人不可能永远积极。

　　积极心理学也告诉我们，每天都会有负面情绪的产生，每个人也必须经历一些负面的情绪。但是要有一个比例，20% 的负面情绪和 80% 的正面情绪叠加在一起，对人来讲可能是合适的。一个人完全地积极并不是一件好的事情，因为心理学研究发现，完全积极的人容易上当受骗。一个特别积极的人，容易轻信别人，容易不加思考地接受别人的观点。如果你是一个领导，你更应该居安思危，也不可能完完全全地把企业或者组织的未来放在一种特别积极的态度之上。

　　"鸡汤"是对积极心理学最大的误解，还有比这更可怕的。比如，很多人觉得，学心理学的人可能都有心理疾病。更好笑的是，还有一些人认为资深的心理学家能够看穿人心。包括我们学校的很多老师，看见我就说，喻丰老师，我不要跟你说话，因为你好像马上就能看穿我在想什么。也会有老师直接问我："你是不是已经猜到我下面要说什么了？那我就不用再说了。"

　　心理学不是"读心术"，它是描述人性规律的。没有人能够读清楚别人心里在想什么。而且，看穿别人心里在想什么，于人于己也并不是一件好事。因为，每个人的心底都会有一些不想被其他人看穿的东西，那是很血淋淋的东西，没必要展示在大众面前。

　　还有人会说心理学完全都是心理咨询，其实也不是，大部分的心理学家并不是在做所谓的心理咨询的工作。很多的心理学家和我一样，在实验室里做着一些跟人类心理相关的实验，描述一些客观的规律。

大众对心理学的误解也非常有意思。这点体现于很多莫名其妙的心理学测试，但凡你在市面上看到的、觉得有趣的心理学测试，一般来说都是假的、虚构的，它们都与心理学无关。

有一次有个商人找到我说："喻老师，我们俩能不能一起开一个做心理测试的公司？"我问对方这个公司主要做什么，他说："就做正经的心理学的测试就好了。"

然后我就给他发了一个很正经的人格问卷——大五人格问卷①，240 道题全部发过去了。他马上回复我说："喻老师，如果我们做这种测试，可能公司就要黄了。"我问："为什么呀？"他说："这个也太无聊了，谁会做啊？"我又问："那你要什么样的心理测试？"他给我发过来一堆测试：测一测你是世界杯中的哪位球星，测一测你是金庸小说中的哪个女主角。全是这样的测试，他说只有这样公司才能上市。我说算了，我们就别上市了，你要测这个，我就要上吊了。

---

① 目前在学术界地位较高、广为流行的一种人格测验方法。通过问卷，从严谨性、外向性、开放性、宜人性与神经质人格五个方面定义一个人的特质。

心理丰富的幸福观

澄清了外界对心理学的误解，下面回归到"积极心理学是什么"上面来。

积极心理学通常情况下是讲"人类的幸福"的，那么什么是幸福呢？大概有三种观点。

第一种是享乐主义的幸福观。幸福就是快乐，也就是"嗨"就好了，舒服就好了，号叫就好了，高兴就好了，把你的多巴胺都释放出来就好了。

第二种是实现论的幸福观。它主要讲人生要有意义。就像颜回，他没有那么多的钱，但他有高尚的追求，因此感到自己的生活有意义。

第三种是心理丰富的幸福观。我很喜欢这种幸福观。什么是"心理丰富"？就是我们很开放、很包容地面对这个世界，去体验很多从来没有体验过的事情，感受其中的酸甜苦辣。哪怕这件事情没有意义，但是我觉得它是一件新的事情，我也因此愿意去做这样一些事情，这叫作"心理丰富"。

为什么我会喜欢这种心理丰富的感觉？我讲一个很简单的故事。我自己在加州大学伯克利分校留学的时候，因为参加的

開 场 白 | 174

是博士联合培养的项目，所以永远拿不到加州大学伯克利分校的博士学位，拿的是清华大学的博士学位。如果我能拿到伯克利的博士学位，可能会比现在更加好找工作，实现自己的学术抱负也更加容易一些。但是我的资质还不错，因为我在加州大学伯克利分校的时候，那里的留学生都会觉得我心理学的知识很丰富，他们给我起的外号叫"心理学百科全书"，还说我什么都知道。

我当时觉得自己特别了不起，但是受限于这个学位，可能达不到我本应达到的最好程度。我因此会有一些不爽、不高兴，甚至有一些抑郁，还排解了好几天。然后我开始思考，开始阅读心理学的文献，开始尝试去理解人类是怎么看待幸福的，这时我发现了这种"心理丰富"的幸福观。我觉得它很符合我自己的想法：每个人都是向死而生的，最后都会变成一捧灰。那么，我们该怎样去过自己的一生？我的想法就是去过丰富的一生，体验从来没有体验过的事情，酸甜苦辣、起起伏伏都要体验。

所以，我的幸福观很简单，它是一个情意合一的丰富的感觉，是一种有意义的满足，它把所有的幸福观都杂糅在了一起。怎样才能达到这样一种状态？从心理学的角度来说，你真的去选择，真的去思考，真的去做一个有自由意志的人。发挥自己的自由意志，然后就可以过上"心理丰富"的生活。

那么如何发挥自己的自由意志呢？我有三个观点。

第一，"思考的满足"是幸福的感觉。我不知道诸位有没有这样的体验：有时候我们轻率地做决定，有时候我们深思熟虑地做决定，有时候我们想了很久、纠结着去做一个决定，这个决定不一定是最优的，但是你做了这个决定并为此负责，这是一件很幸福的事情。说实话，你也许会后悔，就像我，现在就有一丝后悔。我当年应该留在清华大学，可能会有更好的平台。但是，我就是做了这样一个离开的选择——我认为在当时是非常理性的选择。那时我没有太多的钱，在北京买不起房，而清华大学的工资远远比西安交通大学的要低得多，西安的生活成本又比北京低很多，两相比较我在西安会过得更加安逸。所以尽管有过后悔，但是我愿意为此负责任，我觉得这就是一种幸福的感觉。

第二，"努力的满足"是幸福的感觉。关于这一点，我做过实验，大家听这两个故事。

第一个故事是我在北京开会，会议直到七点才结束，而我回武汉的航班大概在八点半起飞。为了赶上飞机，我就一路狂奔去坐地铁、坐出租车。等我终于赶到机场的时候，已经超过了八点，工作人员正在准备关舱门。经过我努力地跟人家说明情况，最终对方让我上了飞机。

第二个故事，还是同样的情况，不同的是当我一路狂奔，到了机场之后，发现飞机晚点了。于是，我没有经过任何的努力，就顺利地登上了飞机，也回到了武汉——结果是一样的。

前一种经过了极大的努力，后一种完全没有经过任何的努力，只是一种幸运的感觉。我问学生：这二者中哪一种情况会让人觉得更加幸福？大多数的学生都会选择前一个。实际上，付出了努力，并因此获得了回报，对人来说就会感到幸福。

第三，"等待的满足"是幸福的感觉。比如你看一部电影，如果这部电影平铺直叙地讲一件很平的事情，结束之后你必须非常仔细地从中抠出一些意义来。但是如果这个电影是跌宕起伏的，比如两个人好不容易相爱了，女主角却得了白血病。她的白血病终于被治愈了，这时男主角又出了车祸。当他被抢救过来脱离生命危险，又发现彼此有血缘关系，是亲兄妹，最后男主角的爸爸说你们其实不是兄妹，两个人经过了很多的波折在一起了。看完第二种电影我们受到的感动和体会到的幸福感会大很多，这就是"等待的满足"。

思考、等待、努力等等这些东西，中间的底层逻辑，就是人类自由意志的发挥，就是我们主观能动性的发挥。你发挥自己的主观能动性，获得的感受就会更好。

"幸福有术"的六种方法

在日常生活中，我们如何了解积极心理学或者实践积极心理学呢？我分享六种方式。

第一种方法，是发挥自己的优势和美德。中国的教育是不强调优势和美德的教育，实际上是一个平均主义的教育。什么叫平均主义的教育？我不知道你们上学的时候，老师有没有讲过一种"木桶原理"：每个人都是一个木桶，如果你有一门课考不好，你的整个人生就完了。而积极心理学有一个理念——每个人找到自己的长处，然后将其发挥出来，人生就能过得更加幸福。拿木桶来说，短板固然能够决定它的蓄水量，不过，你有没有想过把这个桶倾斜着放？把长板无限加长，横着也能装得够多，对吧？

每个人都有自己的长板，有自己的优势。你肯定知道自己的优势在哪里，这里的优势不仅仅指你学科上的优势，更是你心理上的优势。比如，有的人是善良的人，有的人是对"美"有欣赏的人，有的人是勇敢的人。把自己的优势发挥出来，并且发挥到极致，你的人生就会完满很多，这就是第一种方法。

第二种方法，是锻炼一种"自我调节"的能力。这种能力也被称为"延迟满足"。斯坦福大学有一项很著名的"棉花糖实验"，研究者找来一群 4 ~ 6 岁的孩子，在他们面前放一块棉花糖，说："你可以现在把它吃掉，你也可以不吃。我现在有事出去，过一会儿回来，如果那时你还没有吃的话，我再奖励给你一块棉花糖。"有的孩子会吃，有的孩子就不会吃；有的孩子能忍，有的孩子不能忍。有的孩子用各种方式忍，你会发现他把"头悬梁，锥刺股"都用上了——抓住自己的头发，或者拿手抠自己。还有一些孩子明明吃了糖，还问研究者要，研究者说："为什么还要给你呢？你不是都吃掉了吗？"他就声称，是外星人把自己的棉花糖抢走了。研究发现，那些在小时候能够忍住不吃的孩子，未来的教育成果会更好。他们会有更好的高考成绩，在 27 岁的时候有更好的学位，终其一生都会有更好的成就。这就源于一种最基本的能力——"自我调节"或者"延迟满足"的能力。

第三，是我尤其希望大家能够沉浸其中的一种状态——"福流体验"。我不知道大家有没有这样的体验，你总会在做某一件事情的时候忘却了时间的流逝，你不知道自己身处何处，忘掉周围的人是谁，完全沉浸在自己做事的体验之中。

这种体验是心理学家米哈里·契克森米哈赖发现的。他研究了世界上他能找到的所有名人，这些人为什么杰出，为什么卓越，为什么成就斐然？因为他们在日常生活中的多数情况下，都会处于"心流"的体验之中。有一件事情让他们能够沉浸其中，不能自拔，而这种事情跟他们的能力是相匹配的，跟他们的兴趣是相关联的。如果每个人都能找到这样的事情，在日常生活中实践它，更多地处于心流的体验之中，就更有可能获得人生的幸福和成功。

第四件事情是表达性写作，我自己也经常用这种方法。当我感到不开心、不舒服、不爽的时候我就开始写，写完还发到公众号上，这会很大程度缓解我的负面情绪。和人倾诉不如自己把这个事情的体悟写下来，我不具体讲其中的原理，但是我很想推荐给大家一些表达性写作的方法，比如写日记：星期一，你憧憬一下美好的未来，当然是尽可能符合实际地憧憬，然后把它写下来；星期二，你想一个重要的人，给他写一封信，可以不寄出去，只是为了自己心里舒服一些；星期三，如果你有痛苦或者不开心的事情，把它写下来，同时一定要写出你自己对这件事情的感悟；星期四，写五件感恩的事情，研究发现，每天写五件感恩的事情，会让你发生一些生理上的变化，能够变得更加开心、幸福；星期五，如果有人引起你的不快，给他写一封宽恕的信自己留存；星期六，回忆一下这周快乐的事情，不管是大事还是小事，并且把它写下来；星期天就不要写了，休息一天。

第五件事情是进行体育运动。积极心理学里有一个很简单的原理——每天运动30分钟，胜过"百忧解"。也就是说，运动相当于抗抑郁的良药。为什么运动会有这么大的功效？因为人在运动的时候会出汗，同时分泌一些神经递质，像5-羟色胺、多巴胺，这和抗抑郁药物的成分是类似的。由于这些递质是人体自身分泌的，吸收效果也会更好。

第六件事情是一种品味生活的视角。我相信每个人的生活都是平淡的，我自己的生活也非常平淡，但是如何应对自己平淡的、日复一日的生活，非常有讲究。心理学认为我们可以抽离出来，以一种上帝视角来看待自己平淡的生活。比如你喝一口水，可能渴的时候就直接喝下去了；你也可以尝试抽离出来，体会自己在喝这口水的时候，水在接触你的口腔，接触你的舌头，体会吞咽的时候，水顺着喉咙流下去的感觉。这种品味生活的视角越多，你对生活的感受会越细腻，幸福感也会增加。

这就是我推荐给大家的六种方法。

总结来说，我们要感恩生活。生活是酸甜苦辣的，你都去体会就好，并且要抽离出来用上帝视角来看待你日复一日的生活，同时善待自己的亲友，因为他们给你提供很好的社会支持。不管自己身处顺境还是逆境，你都可以把它当成一种人生的体验，过心理丰富的人生。然后时刻记录自己每日的生活，反复品味自己的情感，还要尽力找到自己的优势并发挥出来，最终坚守你之为你的自由意志。如此，你就可以实现自己的价值，得到自己更为满意的生活。

最后，我想用这样一句话作为结束——"莫将旧酒酿新愁"。任何的愁怨都可以忘掉，时间就是治愈人心的良药。这就是我想分享的内容，谢谢大家。

2021 年 12 月 2 日

"贾樟柯"

江湖与故乡

>>> 野心不是一个贬义词，而是一个褒义词，它代表着你的目标，你的愿景。最好的年龄最好不要畏首畏尾，年轻人需要一些破釜沉舟的勇气。我们常说"生活的代价"，其实生活中的代价没有想象中那么大，你并不会遍体鳞伤。

抖音扫码
收看精彩瞬间

贾樟柯

中国第六代导演代表人物之一，

中国电影导演协会副会长，上海温哥华电影学院院长。

代表作《山河故人》《小山回家》《三峡好人》。

　　大家好。首先跟在场的各位观众道歉，因为我眼睛刚做了手术，一摘墨镜就会流眼泪，所以一直戴着。1994 年我刚拍电影的时候，不知道当导演还有职业病。后来才知道我们很多同行，因为长期看监视器，眼睛多少会有点灼伤。所以我经常解释，说"我这个不是装酷，是劳保用品"。

为什么选择拍电影？

　　一上来就在舞台上看到我们老家的文峰塔了，文峰塔也是《山河故人》片尾一个重要的场景。在我小的时候，它是我们汾阳城里最高的建筑。所以从外面回来，远远地看到文峰塔，就是回家了。

我出生在一个小的县城——山西汾阳。我们整个县有40万人口，在晋西北这个从汉代就设县的地方，一辈一辈人生活着。

这样一个小城里，有我们的人际关系，有我们的父母家庭，我们的邻里、我们的同学、我们的亲友。我在这种热络的人际关系里慢慢成长，同时也能目睹很多变革，目睹很多人的苦难，人的困难，人的艰辛。

我小时候最主要的一个记忆就是饥饿。今天大家基本都已经衣食无忧，但是20世纪70年代末我上小学的时候还经常饿肚子，为什么呢？因为那时候粮食还是供应制度，我们每个家庭并没有那么多的食物——早上吃一点窝头，中午到学校就开始饿了。体会到这种饥饿，也看着之后的生活一点一滴地变化，这个过程中当然就目睹了很多人跟事，渐渐地我就有一种表达的愿望。

一开始这是非常模糊跟朦胧的，上高中的时候我是一个文艺青年，开始写诗，那个时候完全是无意识地写，好像心里有话想讲出来。慢慢地随着阅读的增加，开始想成为一个表达者，那去做什么？可以选择画画，也可以写小说，还可以努力成为一个记者来为社会发声。渠道很多，但是我发现了电影。

选择电影是因为我们时代里面那些优秀影片带给我的启发，其中一部就是《黄土地》。我在90年代初的时候，很偶然的机会看到了陈凯歌导演的《黄土地》，一下子发现了生活。大家可能觉得你不是每天在生活里面，你怎么还需要发现生活？其实真的不一定。因为只有艺术能够使我们灵魂沸腾起来，去俯视我们的生活，去观察我们，换一个角度去理解我们所经历的事情。《黄土地》就是这样一个让我灵魂飞跃的电影，因为我的家乡就在黄土地上，它让我从另一个角度看我的生活。看完那部影片之后，它的诗意，它的那种于熟悉处呈现陌生感的能力，启发我成为一个导演。所以我就想考电影学院。

　　我于 1993 年考入了北京电影学院文学系，学的是电影理论专业。入学之后，我们就开始进行密集的专业学习，其中最重要的一个内容是我们几乎每天都要看三到四部电影。我们入学看的头一两部电影，就包括陈凯歌导演的《霸王别姬》，因为 1993 年他刚刚在戛纳电影节获奖，第二年张艺谋导演带着他的新作品回到学校。北京电影学院有一个很好的传统：校友只要拍了新片就会带回去，给同学放映，跟师生交流。经过一年多的学习和专业训练，我们一下子就接触到一个非常广阔的电影银幕世界，有各种各样的电影。

　　从 1993 年一直到 1994 年，看了特别多的这些优秀的学长、优秀的前辈艺术家的影片以后，那些丰富的银幕世界，难免会勾起个人的创作欲望——我逐渐地就有拍的打算。

　　但是当夜深人静、你坐下来想想自己为什么要学电影的时候，当那些往事涌上心头，你可能会感觉到有一块压在心里的石头。这块石头就是我们真实的际遇。我们真实看到的、感受到的、理解到的生活，某种程度上在银幕上是缺失的，需要经历过这段生活的人用"银幕写作"把它写出来。我恰恰是经历过的。我觉得我有责任，也有热情，把我们的生活，把一个县城孩子看到的世界用电影讲出来。

但是，电影不是一个人的艺术，它是一个群体艺术，是需要团队合作、团队作战的，需要各个部门的配合。除了编剧，还要导演，除了编剧导演，还需要有摄影师、录音师、美术指导，需要一批志同道合的人，也需要演员。

正好 1993 级的北京电影学院是每个专业都招生，各个专业基本上就囊括了电影的各个工种、各个创作部门，于是我们同学之间成立了一个"青年实验电影小组"。为什么说"青年"？当然因为我们那时候是年轻人，除了年轻什么都没有，这是我们共同的背景，所以我们需要携手合作。为什么会有"实验"这个词呢？是因为我们希望给银幕带来更多的可能性，给约定俗成的程式化的银幕空间带来新的试点、新的语言、新的观察。

某种程度上，那是一段激情燃烧的岁月：你有一种革新的愿望——革新这个行业。给这个行业带来活力，带来新的可能性，带来新的视野。我觉得这也可以视为一种野心。

我一直觉得，当我们在事业的起步阶段，当我们投身到某个事业里的时候，野心很重要。野心不是一个贬义词，它是一个褒义词，它代表着你的目标、你的愿景。有多大的愿景，可能决定我们在这个路上是走一半，还是走一多半——虽然我们不一定能走到终点。如果你没愿景，没终点的目标，可能你连起步也永远起不了。

那个时候我们雄心勃勃，但是现实条件又非常的简陋，这样一种反差，带给我的并不是沮丧。比如说拍电影，大家马上想到的就是钱的问题——钱从哪来？没有钱。我们只有人，我们只有年轻，只有我们小组——因为共同对电影的兴趣爱好聚集在一起的十几个同学。我们就凑钱拍电影，我们用极低的成本，每个人都不拿工资——当然没有工资了。

我们小组拍的第一部短片，叫作《有一天在北京》。那是一个三天的工作量。剧组十几个同学聚在一起，每一餐都在一起吃饭，每个人都只能吃蛋炒饭。为什么要吃蛋炒饭？因为不用再点别的菜了——米饭里已经有一点鸡蛋。所以我们的同学称我们为"蛋炒饭剧组"。我们就这样吃着蛋炒饭，拍着电影。拍电影需要有复杂的器材，需要有灯光、摄影、录音这些器材。那器材从哪儿来呢？有的去借，有的去系里面找系主任哭诉，把这个器材借出来，就这样起步了。

今天说起来，可能大家觉得"24岁"对我这样一个52岁

这就是我们"青年实验电影小组"的
几个主要成员，右一为 24 岁时的我

的人来说很年轻，但是在电影学院的时候我算大龄学生。因为
我们的同学大部分都是应届毕业，18 岁上大学，大二的时候
可不就 19 岁吗？而我 23 岁才念大学，因此会有很强的紧迫感，
要珍惜时间。在大学的四年里，我最大的一个收获就是没有浪
费时间。

其实大学如果想浪费时间的话，有大把的时间可以浪费。

我们也不是在真空里面生活。我在大学时代基本上也是打扑克、跳舞、瞎逛、吃喝，跟今天的大学生没有区别。当然我是很热爱生活的，我觉得打扑克、吃喝很重要，也非常鼓励大家要享受生活。但是你自己要做的事情呢？你需要分配一些时间给自己。

大学四年我写了很多剧本。因为我在想，除了在我们的小组拍几部短片之外，大量的时间我做什么呢？我的那些想法怎么去实现呢？最终当然要通过银幕——把它拍出来。但是通向银幕的道路，需要一步一步地走。

第一步是什么呢？你能做的是什么？我觉得就是写剧本，因为写剧本是没有成本的。如果硬要说它有成本的话，一个就是时间，那我有大把的时间，我可以支配给我的写作。另外一个就是需要一摞稿纸，需要一支笔。那时候还没有电脑，拿学校发的五百字的绿色的大格稿纸，再拿一支钢笔：我写了很多剧本。

大学之后，我的电影之路算是非常的平顺。因为1997年，也就是毕业那一年，我已经拍出了处女作。然后就一部接一部，以两年一部的速度在拍电影。但是之后再也没有了大学时那样一个集中的、安静的、心无旁骛的写作状态。

我写过一篇文章，讲我那个时候的写作感受：我很像一个庄稼人，有大把的时间，绿格的稿纸就是我的田地，我有一支钢笔，这支钢笔就是我的锄头、我的犁，我真的在为自己耕作。

我们每个人，自己都不为自己劳作，还指望别人吗？

今天回忆起来，我很感谢自己很成熟的时候才上大学，能够珍惜时间，让我在之后的事业发展跟电影创作的道路上打下了非常扎实的基础。

其实我们会有这样的感受，就是因为高中的时候太苦了，所以到大学终于有一个释放的阶段。但释放的劲儿如果太大，你会发现四年之后大家的差异也很大了。其实大学中更好地利用时间的人，接下来的选择也会更对。

这里面存在一种辩证关系，就是说"你所爱"，跟"你所学"是不是统一的。我觉得自己比较幸运的是我的所学正是我的所爱。我喜欢电影我就学了电影，我愿意为它付出。但是每个人的成长背景不一样，你所学不一定是你所爱，那怎么办？

我觉得你就要在你自己所学里面发现它的美感，培养你对它的情感，找到你的情感的投放处，找到你的价值，把它改变为你的所爱。这样你就会变得主动，你就会有创造性，你就愿意为它克服困难。实在所学不是所爱，你就早点考研。考到你所喜欢的专业。如果还没有，你真的是要干一行爱一行，其实每一行都有它的快乐。说起来我今天是一个电影导演，其实我也做很多不一样的工作，我都喜欢，因为我都从里面去找我的快乐所在。

除了拍电影，我也拍广告。拍广告是什么？它是一种服务业，我们是乙方。你给银行拍广告，你就介绍银行服务怎么好；你拍一辆汽车，你就介绍汽车怎么好；你拍一个肥皂，你就讲它怎么对皮肤好。我都满心欢喜地去做这些工作，因为在做这些工作的时候，我能学到东西。我可以了解与银行有关的金融体系的运作，我可以了解汽车的制造，我可以了解化工行业里一块肥皂的产生，我总是能找到这种快乐。

电影中的"人"与"江湖"

具体到创作之路上电影的方法跟语言，这是一种美学的感受。

经常有人说，贾樟柯的电影非常真实，人物都好像是生活里面走出来的。这是因为我自身对电影的理解。

有一句对我影响至深的话，是黑泽明导演说的。在他获得奥斯卡终身成就奖的时候，大家都在期待他讲什么样的感言跟致辞。结果老人家上了台之后，非常带有沉思状地说："我一直在考虑一个问题，什么是电影之美？对不起大家，直到今天我都不知道。"

这句话对我影响非常大，因为我觉得它道出了一个导演跟电影的关系。实际上我们每天创作的过程中，导演一直要思考的就是什么是电影之美。因为不同人的性格，不同的美学趣味，才形成了不同的电影——每个人理解的电影之美都是不一样的。而我自己所理解的电影之美，就是通过电影媒介，能够事无巨细地、那么逼真地还原人类的生活。

我们简单回顾一下电影的发明，为什么会产生电影？实际上人类一直有一个内驱力，我们希望能够用另外一种媒介来描绘我们的生活，来再现我们的生活。于是，我们就发明出了电影。电影是活动的影像，它有时间，我们人类的动作、行为都可以被拍出来。

一开始电影是无声的，我们这个世界是有声的，我们又发明出了有声电影；一开始电影是黑白的，我们这个世界是彩色的，我们又发明出了彩色的电影。你看，电影的发明轨迹、发展轨迹、技术变革的轨迹，就是要不停地强化我们对于这个世界真实样貌的复原，这是电影的美感之所在。

我自己拍电影，理解到这一点之后，在我的银幕世界里面，就希望能够复原我们所触碰到的真实事件。通过银幕世界，我们可以塑造不同的世界，充满戏剧性的世界。我们当然可以一上来就追车、开枪，一上来就是速度与激情。这种戏剧性也很美。但是对我来说，在自然与日常的场景里，人的情感、人的喜怒哀乐，也是惊心动魄的。所以我选择了我自己的美学的方向，就是写实主义，也可以说现实主义。

　　2017 年我拍过一部电影叫《江湖儿女》，当时把我们的英文翻译难倒了。他说再也没有一个中文词像 "江湖" 这么难翻译，因为它的含义太复杂，涵盖的角度太多。我们实在没有办法翻译成 River Lake——虽然也曾这样尝试过，可是人家确实不懂。最后我们用了一个什么方法？我们就叫 "Jiang Hu" 这个汉语拼音，因为它是我们中国人独特的一个词语和概念。

　　江湖意味着什么？首先它是由人组成的，所谓有人的地方就是江湖，它意味着复杂的人际关系。你去观察跟体会我们现实生活中的人际关系，它是动态的，它时刻处在变化、互动、互相促进之中。这样人与人之间关系的动态变化带来了情感的起伏，所以整个江湖意味着这样一种动态的、复杂的人际关系。江湖也是空间意义上的，它指那些我们从未涉足过的地方，那些充满了凶险，充满了危机，充满了未知的区域，所谓 "闯江湖" 嘛。

　　江湖意味着很多。处在这样一个人与时空共同构成的环境里，我一直希望能把其中真实的、感人的、可感的情感关系呈现到我的电影里。

　　总而言之，我希望中国电影保持某种人情。直到今天，我们进入信息社会，很多年轻人都在网上社交，好像进入了一个虚拟的世界，人情仍然也在。我觉得不管生活有多少磕碰，有

多少不如我们所愿的地方，我们这个民族总体上是一个非常有
人性的民族，非常有善意的民族。

我们拍电影为了什么？为了不因那些揪心的事儿，失去我
们表达的热情。我们要看到这些人性的闪光的地方。我们拍苦
难，就是因为苦难能揭示出人性的温暖；我们拍黑暗，是因为
我们只有穿透这个黑暗，才能走出黑暗，看到远处的那一束光。
我们需要精神的顽强者。

很多人问："贾导，拍电影需要什么素质？"我说就两点。
一点是通情达理，我们做的就是情感的工作，我们就是理解人
的，我们就是拍人的。我们要理解人情世故，我们要有恻隐之
心，我们要为这个社会带来宽容、理解和认同。

另一方面它需要毅力，因为我们要去面对那些生活中想
要回避的东西。是摄影机给了我勇气，当我站在摄影机旁边
的时候，我觉得我无比地顽强。它帮助我走入那些黑暗，掠
过那些不如意的地方，因为我知道光在远处，只有走过黑暗，
只有跋涉过黑暗，才能找到那一束光。拍了这二十多年的电
影，我不一定是一个有才华的导演，但我觉得我是一个有毅
力的导演。

故乡与他乡

　　《站台》是 20 世纪 80 年代非常流行、家喻户晓的一首歌，也是我这一代人在这个年代第一次听到的、有一点摇滚风格的歌曲。后来我就用这首歌的名字《站台》作为我第二部影片的名字，实际上《站台》这部电影也是我第一次写剧本。它讲述的是 70 年代末到 80 年代末这变革的十年间，一座县城的四个年轻人的故事。他们有一个相同的背景，就是都在县城的文工团工作，是唱歌跳舞的文艺工作者。然后时代开始变化，他们开始走出这个县城，开始流浪演出，最终又走了回来。就是这样一个青春的故事。

　　说到"站台"，就要说到我特别喜欢交通工具。刚才讲了，我小时候没有别的交通工具，家里只有自行车。每到周末，我父亲就会骑着自行车，带着我满县城玩儿。我坐在自行车的横梁上，跟我父亲一起出游，感觉到了风景的变化跟速度。

　　自行车其实速度很慢，但是对于一个小孩子来说，它带来的速度跟走路已经不一样了。导演乔治·卢卡斯在一个访谈里面讲，他觉得人类有可能是鸟变成的，因为我们如此地迷恋运动、迷恋移动，我们残留了这种对于运动的记忆。确实，我觉得就像水一样，只有流动才有活力，人也一样。

我个人对于"流动"的喜欢，又跟当时我们整个县城的封闭有关。这种封闭，除了交通工具的不发达之外，也有很多现实的原因，不过总体上是经济欠发达。而且，那个时候每个人都待在单位里，出门还需要介绍信，所以基本上都在一个地方生活。

对于年轻人来说，就会对外面的世界有无比宽阔的想象，因为我长到很大都没有离开过县城。但是我家就在县城边上，从家里大概再走五分钟，就是一条国道，非常繁忙的国道。它连接了省会太原到黄河边的一个古渡口——军渡。军渡上有一座黄河大桥，与国道交会，由此，这条国道成为通往陕西、山西、内蒙古的交通要道。每天都有大量的卡车、货车、客车，在公路上穿行。我特别喜欢看车，小时候没事我就站在公路边，看这些车一辆一辆地从未知的地方路过我的家，驶向另一个未知的地方。我只有这么一个点，起点到终点这一路的风景我都没看过：它给我非常多的憧憬跟想象。

年纪再大一些，你就想见识这个世界，想了解这个世界——它究竟跟我看到的一样还是不一样？其实我们都会对不同的东西充满兴趣，于是就有了走出去的愿望。在我们的青春时代，你想走出去只有两条路，一条路是考大学，一条路是当兵，都可以离开故乡。

因为要考大学，我去了省会太原，后来又到北京读书，再后来因为拍电影，我可以带着自己的电影到世界各地旅行。这些远行带给了我更丰富、更多元的对于这个世界的理解，但是反过来一种很奇妙的感受出来了：当我在北京生活，或者到巴黎，或者到纽约短暂地居住一段时间，故乡就会出现在我的脑海里。

我后来写过一句话，说"只有离开故乡，才能获得故乡"。当我们离开，再看自己生活二十多年的那样一座城市，很多事情会更加清晰，你跟它情感上的关联会更加的紧密。有时候相亲相爱不是终日厮守才浓厚；有时候分别、分离，会让你离它更近。

对故乡永远是一种复杂的情绪，我觉得我们也不能无限地美化故乡。但是有一点不会改变，就是它是你的牵挂。过去在故乡我们也有很多苦恼，比如说，我当时非常想离开的一个原因，是因为买不到太丰富的书。因为只有一个小小的新华书店，就一些工具书。那个时候我们在杂志上看到的那些最新的文学作品，比如卡夫卡，根本买不到。还有人们都在谈论沈从文的小说，但也只能买到一本他的散文集。后来我因为考学来了北京之后，去书店一逛，那个琳琅满目，那个书之丰富——我觉得我就是要在这生活，我可以看这么多不同的书。这是当时我离开故乡非常多的原因之一。

但是当你离故乡远了，有一天回过头来，再去看那个地方的时候，我相信你会超越这些现实的困难，超越当时那些对于故乡的偏见，重新爱上它。

你会觉得"如果我有一点能力、有一点资源，要让那个地方改变，要让它变得更好一些"。为什么？有人说："是一种责任吗？"我觉得也不至于，没有人赋予你这种责任，说"你要建设一个地方"。

但是对于我们山西人来说，或者可能对于我们中国人来说，故乡是我们看到这个世界的第一束光，最早看到的这个世界的颜色，最早呼吸到的这个世界的空气。我们最初对世界的理解就是故乡，故乡就是世界。

之后我们带着"故乡"这把尺，去丈量全世界。我们之所以可以面对纷繁世界中的变化和诱惑，是因为我们有一个不变的尺度，就是故乡给我们的价值观，给我们的对世界的理解。所以，有一天我还会回去，因为故乡是埋藏我们记忆的地方，有二十多年的成长的记忆在那儿，能做一点事情算一点吧。

我把平遥国际电影展办在了平遥，然后在吕梁办了"吕梁文学季"，其实有非常私人的原因。我离开故乡很久，但是每年春节一定要回去，因为要跟家里人团圆、过节。我有很多同学，他们结婚很早。到 2015 年左右，我再回去，他们的孩子已经长大了，有的孩子已经就业、工作了。我回去之后，特别是念高中的、念大学的我朋友的这些孩子，他们就会问我很多很多问题。

我觉得他们就像我小时候一样，非常渴望文化的资源。当然现在已经是信息时代，上网可以看到很多资讯，但是这种线下的、面对面的、出现在他们生活里的文化资源非常稀薄。在北京、上海、广州等一线城市有非常多的文化活动，有各种各样的图书签售、演讲、对谈、论坛、回顾展、放映、话剧、国外的院团的表演；到省会城市，已经不多了；到了地级市，几乎就没有了。

因为我自己做文化工作，也没别的资源，我觉得应该把能力之内的一些资源带到中小城市，让文化资源流动起来。如果套用一个俗语的话，也可以叫"文化下乡"，但是和"文化下乡"不一样在哪儿？我们是要把当代最前沿的、最国际性的文化资源带回去，把最高标准的东西带回去。我们当时决定在我老家的村庄——贾家庄，盖一座电影院，就是"种子影院"，里面全部采用 4K 的数字放映机。既然回去做事情，我们就要把最好的资源带回去，软件的、硬件的都是。从那时开始，我一点一点地办电影院，办艺术中心，办电影节到办文学季，这些让我非常有成就感。

平遥国际电影展，有一个单元叫"从山西出发"，专门发掘山西本土创作人才拍的电影。在 2017 年举办第一届的时候，我们选了半天，实在是选无可选，最后就选了两部戏曲片，是关于晋剧的。到 2022 年，我们选片团队非常地惊讶，说："你们山西人真会拍。"各种类型、各种风格，大量优秀的电影产生了。2022 年成为平遥国际电影展上山西作品的爆发之年。短短的几年，当你带着一些资源回去提供一个舞台，孩子们就成长了。

如何定义文学与电影之间的关系？

我们每个人都是用母语讲话的，语言和文字是我们最贴近身体的表达方法，同时也是我们的思维方法。不管从事什么样的媒介，无论是画画的，还是拍电影的，还是做音乐的，我们在形成自己作品的过程中，我们在思考与处理自我情感的时候，首先是用语言的。一个敏锐的思考者，应该是一个拥有广泛阅读和写作经历的人。他能够通过自己对语言敏锐的、精确的运用，进行深度的思考或感受。所以，文学其实是我们进行电影创作与表达的基础。

电影理论的变迁，也是非常有意思的。在 70 年代末，因为我们的电影太文学化了，也太戏剧化了。那时候基本靠对白来讲故事，都像话剧一样。所以当时有两个重要的电影理论，一个是中国电影要开始跟文学"离婚"了，另一个是中国电影要甩掉戏剧的拐棍了，两者都在强调电影作为视听形式的独立性。

我们一直说电影是银幕写作，银幕写作的素材是什么？就是"视"与"听"这两个维度的。所以要充分地运用视觉与听觉，用它们之间的组合来传情达意，这跟文字不一样。比如，同样描述一个男孩子向女孩子表达爱意，直接说"我爱你"是最简单的，因为它就是用文字来表达的。但电影可以一句话不说，让观众明白，并且深深地理解：他爱她。这就是电影的独特之处。所以，那个时候就强调电影与文学、戏剧的分离。

但是，随着视觉社会的到来，人们的认识又趋向另一个极端。现在我们的阅读很少了，写作就更少了。过去大家还写写日记，现在估计最多也就在记事本或社交媒体上表达一点感想，还会被限制在 140 字以内。这种现象其实是有危机的。大家可能都有这样的经验：你写一篇文章，就是一场非常完整且高质量的思索过程；但是如果没有写作的过程，可能大家日常就吃吃喝喝、开开心心，也不会过脑子了。所以确实不要把阅读与写作丢掉。

在我的理解中电影不会萎缩、不会消亡，它一定会改变。往哪儿改变呢？我觉得对于一个从事电影工作的人来说，那是非常宏大的、非常美妙的前景。可能今后的导演所利用的 VR（虚拟现实）、AR（虚拟技术）等技术远景，使得他更像一个造物者。我们现在是写一段故事，通过银幕呈现一段生活，未来的电影导演可能是造一座视觉之城。在这种城里，观众可以自行地去编故事，自主地选择想看到的社区，想进入的生活。

我们现在的电影，创造的是人类现实世界的复原，而在未来的电影里，我们可以创造一个新世界，而且它是互动的、变化的。可能我们每个人在自己的视网里或者眼睫毛上加一个类似 VR 的装置，就可以于一秒钟之内身临其境地进入导演创造的另一个世界，里面充满了互动与选择。我非常期待那天的到来。

我拍电影很规律。从《小武》开始，每两年一部，二十多年下来，也就十来部电影。回头一看，作品确实并不是太多，这是跟片场制度时代的导演相比。比如小津安二郎那个时代，他一年拍四部电影；像杜琪峰导演，他在黄金时期也能每年拍三四部电影。可能我们是所谓的作者型导演，需要有一半的时间去写剧本，一半的时间去拍。特别是现代电影的工业体系改变了，还需要有很长的时间去帮助电影进入市场，所以两年一部已经算快。但我觉得就一部一部拍，拍到拍不动为止吧。

看到台下的二十岁左右的学生们，我想说：最好的年龄最好不要畏首畏尾，不要怕失败，不要怕挫折。我们常说"生活的代价"，其实当代社会中生活的代价并不大。你要去尝试，要有勇气失败，才有可能走上一个你所喜爱的方向、喜爱的路。因为我也目睹了很多我的同龄人，他们非常有才华，但是最终没有走下去。怎么说呢？因为他们的"评估"太多了——我也不能说"算计"，就是评估吧。做成一件事情，确实需要一点破釜沉舟的勇气。就那句话：你并不会遍体鳞伤，那是夸张了。没什么大不了的，错了就改，走不下去再换一条路。总之我们要动起来，"躺平"就只能"躺平"了。

2022 年 11 月 1 日

"罗振宇"

什么是长期主义？

>>> 我们这个时代，其实存在一场非常永恒的战争：争夺自己人生课题的定义权。能够看到的各种各样的课题，都被别人定好了，似乎每一个看似有价值的档口前，都排了很长的队。你不定义自己的课题，别人就会来定义你。

抖音扫码
收看精彩瞬间

罗振宇

"得到" App 创始人，

《逻辑思维》主讲人，《时间的朋友》跨年演讲主讲人，

节目《知识就是力量》主讲人。

　　本来我以为自己今天不会紧张，因为这样的场合我见得太多了，但是看到现场这么多年轻人，我还是有点紧张。因为到了我这个岁数，最怕的就是油腻，对吧？"油腻"的定义是什么呢？就是老觉得自己什么都成了，有机会跟年轻人说，这个我吃过，那个我见过……你看，你听我的总没错儿。这叫"爹味儿"，现在没有人喜欢这种味儿。

　　所以，我暗自警醒，今天虽然是一场演讲，其实更是一次自我的告白，我想把这些年我做了什么，以及背后的思考向大家坦白地呈现出来。只是指向我自己，如果你也有启发，我特别高兴。

长期主义，对我来说意味着什么？

今天，我们要聊的话题叫"长期主义"。这个词，其实它的内涵是暧昧不清的，边界也是晦暗不明的。你说，它到底是什么意思？如果我们将立场稍微往外站一点，一个人他在做长期主义的事儿，似乎就意味着他手头正在做的事情，其实价值不明确，这件事究竟有什么用呢？不太经得住拷问。但是他往远处一指，往长期以后一指，说：未来可能有用，可能是一件大事，可能我正在下一盘大棋……我们管这样的人叫"长期主义者"。OK，挺好的。我们这个民族的文明向来崇拜这样的人，称其为"有恒心，能吃苦"，我们都佩服。

但是，当你的立场稍微往外站一点，仔细一想，有没有这样一种可能：他现在手头做的事情就是没有价值，所谓的长期主义，仅仅是他的一番托词？我们又何处去告他，何处去诉他？我们跟对方说，你做的事情没有价值。他说，我的价值在长期啊。我们总不能一直陪着他等吧。这样的人我在股市上见得比较多，但凡今天挣钱了，他就是"股神"；但凡今天赔钱了，或者股票被套牢了，他就是一个长期主义的价值投资者。我们竟无力反驳。

所以，一个词好不好，就看它的定义是不是真的精准，我们是不是真的可以拿这个词去衡量什么。如果它什么都没办法衡量，而任何一个人即使在做无价值的事情，都可以借此遁逃，那么，这不是一个好词。

为什么，我今天还敢参着胆子在这跟大家聊，什么是长期主义？因为，过去这些年，我自己做了两件事，有了一点点小名气。很多人对我做的这两件事情的评价，就是"罗胖儿做了长期主义的事"，我想，可能我有资格来跟大家聊一聊：长期主义这个词，它对我到底意味着什么。

第一件事，是我在十年前做了一个公众号，叫"罗辑思维"。公众号的内容当然很繁杂，其中最核心的，就是每天早上六点半，我会发出一条音频。这条音频时长 60 秒，一秒不多，一秒不少。就这样，我坚持发了十年，从 2012 年的 12 月 21 日早上开始，一直发到了 2022 年 12 月 21 日的早上。大家可以算一下，总共 3652 条。所以，我用这十年，活活将自己培养成了三百字小作文的全国小能手。可能有同学疑惑，十年不应该是 3650 天吗？对，别忘了，其中还有两个闰年。这十年，我们经历了两届奥运会、两届世界杯，就是这么漫长。那么，这件事我有什么收益吗？它既不卖钱，又一直持续免费地给大家讲，看起来也挺傻的，对吧？所以，有人评价说，罗胖儿干了一件事儿——每天发布 60 秒音频，这叫"长期主义"。

我还干了第二件事情。2015 年，我宣布要做跨年演讲——《时间的朋友》，我说我要干 20 年。那年我 41 岁，那我要一直干到 61 岁。今年我正在筹备、马上就要开始的，是第八届。刚开始的时候，也有人说我，你吹牛，怎么可能有人能在这么剧烈变化的时代，每年都干，精准地干，坚持 20 年呢？你看，这也到了第八年。所以，这两件事情，很多人都评价是长期主义。

好吧，这顶帽子，我先接着，然后借今天的机会，跟大家聊聊长期主义到底是一个什么东西。它是某种虚悬的精神吗？还是仅仅是一个我们借以活着的具体策略？它有那么高大上吗？

说到这儿，你们应该知道我的答案，它当然就是一个非常具体的策略。

对于"长期主义"这个词，我们有两个巨大的误解。第一个，长期主义嘛，眼下是没有价值的，所以你得坚持。坚持做不能立即产生变现价值的事儿，好像是"长期主义"的第一要义。对吧？

所以，我特别想告诉大家，这十年来我的感受：长期主义的回报不在未来，不在终点，不在你以为的顶峰。不，它就回报在现在。甚至在你还没有开始干，仅仅是宣布"我要干"的时候，回报就已经产生了，这是非常确切的。

刚开始发布每天 60 秒语音的时候，有一天心血来潮，我就做了一个承诺：这件事我要干十年。当时有很多人或信的，或不信的；有人鼓掌，有人将信将疑，有人表示佩服，等等。

但是，这件事它在当时就给我带来了一份价值，这份价值是什么？——信用。

我当然知道，这十年来的3652条内容，水平是严重波动的。我是每天都说得很好吗？当然不是。别说我的用户忘了我到底说过什么，就连我自己，也经常会忘。

有时候看到一条内容，我说"这个说得真好"，一看，是我说的。当然，也有时候我觉得"这说的是什么东西"，它也是我说的。但是，自从我发了这么一个泼天大愿，说这件事我要干十年，我就变成了一个有信用的人。跑得了和尚，跑不了庙，这个人所有的信用、靠不靠谱，就看他自己说的话算不算数，对吧？

我说了这么一个大家每天都能看得见、可以验证的话，我的信用就摆在了面上，所有人都可以判断这个人靠谱不靠谱。对于我的评价，当然有各种各样的声音，但是就这件事儿，大家能够看到：罗胖儿是一个狠人，能把自己说的话板上钉钉，并且一天天这么坚定地执行下去。这给我带来了巨大的信用。

在这个时代，在座的各位可能心中都有创业梦，等等。如果你真的走向了市场，市场中最珍贵的是什么？就是信用啊，没有信用，就没有生意的。所以，这60秒的语音可能没有给我挣到钱，但是它给我带来了信用。后来，我们创业做"得到"App，上面的很多课程都是凭借这份信用才得以实现的。

我请来了讲经济学的薛兆丰老师,我请来了讲哲学的刘擎老师,我请来了研究科学的万维钢老师,我请来了吴军、贾行家、蔡钰、卓克、熊逸老师,等等。这些人的课程都是怎么卖出去的呢?从一个字都没有的时候,就开始卖了。我只是拍着对方的肩膀,说这位老师答应我了,这个专栏他会更新一年,你愿意跟吗?愿意的话,现在就可以下单。

虽然价钱也不是很贵,但是,这是信用才能产生的生意。如果没有我刚开始坚持的 60 秒,这些信用的底盘不会发生。我举这个例子不是在凡尔赛,我只是在说,信用就是资产。这就是当下的回报,它不用等到十年后的未来。

再举一个例子,是我刚才所说的跨年演讲。大概是 2015 年的 9 月,我向自己的用户宣布,我想做一个跨年演讲,并且要做 20 年。为了倒逼我自己将这二十年坚持下来,开票第一天,我预售了 100 张 20 年的联票,每年 2000 元钱,售价 2 万元。印象很深的是,当天开售半小时,100 套 20 年的联票就卖完了。大家算算,总共是 200 万元。那时,我们还是一家很小的创业公司,这 200 万元对我们来说非常重要,没有这笔钱,第一年的跨年演讲都没有办法举办。

通过这两个例子,我就是想告诉大家,你面对整个世界去发一个泼天大愿,这件事它是有价值的。为什么在现代社会,金融这种商业模式特别有价值?因为它把未来的价值折现到了今天,这是一个可以穿越时间的价值通道,对于个人来说,照样可以。

在良性的关系中，建立长期主义

听到这儿，你可能会觉得，这好像也没什么，不就是发个狠、赌个咒、发个愿，这件事真的有那么大的力量吗？我们在面对自己特别想要的东西的时候，山盟海誓也可以的。其中还有一个小秘密，就是这个狠、这个愿不是冲自己发的，它必须生长在关系中。

我们很多人会把长期主义理解为一个珍珠蚌的故事。某一天，一粒沙掉入了它的怀里，它拥抱着这粒沙，每天哭哭啼啼，苦苦坚持，用自己的眼泪不断地包裹这粒沙。等到多年之后被打开，人们惊奇地发现：哇！一粒珍珠……这是很多人理解中长期主义的模型。

但是，我想跟大家说——至少我这十年的经历告诉我，不是这样的。你必须把自己的"壳"打开，让自己生活在人和人的关系之中。

举个例子，比如说，很多人都在问我：罗胖儿，你是处女座吗？你的语音推送为什么要每天精准在 60 秒，一秒不多、一秒不少？各位，练这个功夫不容易的。刚开始，我想把一段语音录制到精准的 60 秒，用时最长的一次，我大概录了 50 遍。但是现在，我已经练得炉火纯青，基本上一遍就可以刚好讲到 60 秒，写的稿子，也只在 5 个字上下变动。那为什么我要坚持这种非常变态的边缘？每天写一篇文章不可以吗？为什么一定是 60 秒的语音，一秒都不能多，一秒也不能少呢？

大家跳出自我来想想别人，答案就出来了。因为当"罗胖儿 60 秒"这个内容品牌为大家所熟知的时候，发生了一件非常奇妙的事情：每个人都知道怎么用你。用户绝对不会说，罗胖儿今天奇思妙想、才如泉涌，于是来了一段 30 秒或 300 秒的语音推送。不会的。所以，我的用户非常清楚，自己会在何种情况下点开这既定的 60 秒。刷牙？等电梯？他会对你产生一个非常确定的期待。你讲得好不好，其实没有那么重要，重要的是，它是精准的 60 秒，你的用户知道怎么用。

就像后来我们创办"得到"App，上面的很多课程，我们都非常变态地要求讲师，将每一节课的时长控制在 13 分钟之内，这是我们的一项品控标准。为了这 13 分钟的边界，我们和很多老师有过一些争执，他们经常说：这个课题太重要了，我 13 分钟根本讲不完。我说，你可以分为两讲，但是每一讲绝对不能超过 13 分钟。为什么？原因很简单，我的用户知道怎么用你。比如，他知道自己从家打车到公司的路上，能不能听完"得到"的一节课，他可以对此有预期，并且这个预期是稳定的；他知道自己今天要上半小时的跑步机，快走 6 公里，而听完"得到"的两节课，差不多正好是半小时。

没错。我们经常觉得，做内容是自己内心的表白，自身才华的外显。那我们就太站在自己的角度想问题了，说到底，要创造价值，我们都必须心甘情愿地成为某种意义上的"工具人"。我们必须完整地把自己交出去，被别人用，而且别人知道怎么用。并且，别人对于用我们的方式，甚至是一点点时间、资源的投入，都具有掌控感和确定性。把自己交给别人，嵌入别人的场域当中，这才是长期主义最稳定的根基。

记得早年间，有一天我在微信公众号后台观察，有一位用户，每隔一会儿就发一个数字上来，比如 16；过一会儿又发，比如 32；再过一会儿又发，比如 7……我就很好奇对方在跟我说什么，难道他是外星人吗？给我发一串神秘代码，要接我走？于是我就在后台问他：请教一下，这是什么意思？我看不懂。他说，我在逛窗帘城呢，拿你这微信公众号计数用。我问，你为什么拿我这公众号计数？他说，你每天早上出现啊，这就是我的笔记本，不会丢。

各位，神奇不神奇？他不太关心我说什么，他关心的是我每天早上出现，我在他的生活中扮演确定性。我的产品嵌入他的生活中，让他产生各种各样的奇思妙想，怎么用我，是他的事情，跟我其实没有关系，我提供的仅仅是这样一个确定性。

　　所以你看，我刚才说我们不要把自己当作珍珠蚌，通过苦苦的坚持，以断绝和世界进行反馈和交流的方式，来护持着一个好像未来才会有价值的事情。不，这不是长期主义，这叫孤芳自赏，这叫折磨自己，这叫做没有价值事情的托词。我们必须打开自己，我们必须生活在良性的、建设性的关系之中。

　　说到这儿，其实我们已经提炼出了关于长期主义的第一个关键词——良性的关系。从来不会有脱离人和人之间良性互动的长期主义。

　　各位，我们回到一个朴素的常识：我们成就一切事情，它们最底层的根基是什么？一定是某种关系，良好的关系。我很钦佩的教育学家李希贵校长，他有一句非常有名的话：一切教育本质上都是关系学。我们是不是有这样的一个常识？如果你的某一门课成绩特别好，是因为你特别聪明，对这门课特别有天分，使用的教材特别好，练习题做得特别多吗？当你从这个层面上思考的时候，你会找出无数的原因，但你心里明白，这未达究竟。

　　我们从小几乎每个人都知道，如果某一门的功课学得特别好，一定是因为你喜欢这个老师，关系是底层。

　　想想我们的家长是怎么开家长会的：被老师叫到学校骂一顿，父母回来把我们骂一顿，或者干脆加码再揍一顿。于是我们更加恨上了这个老师。这种教育会有效果吗？那么，李希贵校长主张的家长会怎么开呢？在学校，无论老师说了孩子什么话，家长回家一定要跟孩子说，你老师对你真好。反过来，也要告诉老师，我们家孩子回家，每天都跟我说可崇拜你了。对吧？如果你结了婚，应该能够明白一个好的丈夫应该怎么当，在母亲和妻子之间，应该如何处理关系。我们老家有句话："好汉子两头瞒，赖汉子两头传。"大家理解这句话的意思吗？作为丈夫，他是不能搬运负面信息的，一定得是两头瞒着，然后传递正向信息，这样家庭才能和睦。

一切美好的事情，都建立在良性的关系之中。长期主义的每一个动作，它都在干什么？不是让我们关起门来，做一件自认为有价值的事情，而是敦促我们和周围人的关系变得良性，让自己在周围人看来可以信任、可以尊重、可以交付。

所以，长期主义怎么会到终点才给我们变现呢？我们身边的关系每一次改善，每一次优化，都会让我们的生活变得灿烂起来，这是确切要在当下收割的。

我有一对夫妻朋友，他们结婚时就做了一个约定。丈夫经常出差，所以要求自己的妻子：每当我出差前夜，你要帮我收拾好行李。因为这样，即使我在陌生的城市、陌生的宾馆，只要打开行李箱，就能想起你。这是妻子要为他做的。那么丈夫为她做什么呢？也有一个承诺：每天不管什么情况，我都比你早起床，然后替你的牙刷挤好牙膏。

这件事情，你说很难吗？两个人要生活一辈子，每天都比对方早起床，帮对方挤牙膏，听起来好像是一个需要长久坚持的苦行，但是你不觉得吗？凭借这种看得见的互相承诺，两个人的爱意一点一滴地积累，关系每天都在优化。即使两个人吵了架，只要第二天一早，替对方把牙膏一挤，是不是也能相视一笑泯恩仇？所以，不需要那种苦行僧般的坚持，只需要不断地优化人与人之间的关系。良性的关系，是我们作为一个人在这个世上随时获得力量，随时被充电最重要的电源。

而怎样敦睦关系变好，其实有很简单的方法：做重复的、有信用的事情，并让对方看到。长期主义，不是闷起头来做没有反馈的事儿。

在座有很多大学生，我给你们一个小建议。你们可以想想这辈子有谁帮助过自己，然后向对方承诺：这辈子我感谢你帮助过我，我能够给出的回答不是送礼物、给你钱，而是我的每一次成长，都会向你汇报。每年过年，我都会向你汇报自己这一年的成长。你就坚持这么做，持续五年、十年、二十年，通过这种非常简单的方法，你会将生命中的每一个恩人都变成一直护持自己成长的贵人。你信不信，就这样一个简单的行为就可以。

所有美好的事物，都自成目的

第二个对于长期主义的通常的误解，是我们都以为长期主义者高瞻远瞩，他们冲着目标坚定地进发，不为其他任何干扰因素所动，所以长期主义的价值在于目标感。对吧？从小到大，有多少人告诉过我们，人应该有目标感？还不到小学二年级，学习写作文的时候，老师就问我们：将来长大了，你要做什么样的人？

但是，咱们都这把年纪了，也懂一个道理，这个世界哪儿容得我们看那么长远，哪儿容得我们励志？反正，我就记得自己的第一篇作文，我写的是长大了要当医生，结果我此刻站在这里跟你们聊"长期主义"。这个世界，谁都没有一个像吉卜赛人手中那样可以占卜的水晶球，能够帮助我们看到未来。谁要是铁口直断地跟你说，未来就是怎样怎样，我已经看到了它的样子，我只要向目标进发，不过这需要很长的时间……我建议你们不要信。目标可以有，愿景可以有，将信将疑，正好。

那么你说，如果长期主义的价值连目标感都不是，那它是什么呢？

我的答案是，不在未来，就是自己对今天的掌控感，就在今天。我不相信任何人对未来有确切的答案，无论他的口气有多么斩钉截铁，但是我自己今天该怎么过，这个问题我今天就得回答。就说我自己，每天都要发 60 秒的语音消息，刚开始的时候好痛苦。我记得自己最痛苦的那一天，一直熬到了凌晨三点钟，距第二天早上六点半已经只有三个小时了，我都不知道要说什么。我恨不得拿根火柴棍撑住自己的眼皮，不让自己睡去，我知道这段语音要是录不出来，我会"死"的，这是我每天都需要面临的特别具体的挑战。

好，假设我是一个特别有"目标"的人，我说，我要成为一个博学的人，为此，我要每天看书、见人、思考，我要为自己未来的某个样子而活……那么，我绝对不会熬夜到凌晨三点钟，因为明天还来得及嘛。如果是为了那个目标，我根本不会逼自己。那这些年我读书、见人、思考、写笔记，做的所有这些事情，是为了什么呢？

今天，我可以把一个其实摆不上台面的理由告诉大家，就是为了第二天早上的 60 秒啊。那段语音录不出来，是要"死"人的，我的信用是会破产的。这当然一点也不高大上，但它就是我今天要面对的挑战。那么，我就这么一天天地逼迫自己，结果是什么？结果是我每天像被一条狗追着一样去读书，去问人：最近有什么好想法？最近读了哪本有用的书？有什么好的文章可以推荐……

我在扒拉我那三百字，就这样每天扒拉，每天扒拉，过了十年，回头一看，我写了一百万字。因为跨年演讲，我每年要写五万字的演讲稿，到今年已经是第八年，这是四十万字。我个人还要做《罗辑思维》的节目，每期节目三千字，一年下来大概又是六十万字。兄弟我变成了一个高产作家，你说上哪儿说理去？我这么懒的一个人，就是被无数个今天给逼的。它让我每一天都不虚度，我知道自己今天必须输入什么，必须产出什么。

这十年，我快熬过去了，到 2022 年的 12 月 21 日早上，我就"刑满释放"，但是回头一看，这段时光没有辜负我。我没有高远目标的，各位。但是它居然就达成了。

我这一点小事情，当然不算什么，历史上所有令我们仰望的人，我站在十年的末端以小人之心推测一下，他们可能也没有目标，有的就是对生活的掌控感。

比如，大家都知道的司马光，编写了《资治通鉴》。当时，大宋的政治中心在开封汴梁，但其中有十九年，司马光是与之脱离的。他去了洛阳，窝在自己的一个小园子——独乐园里，耗费了十九年编成《资治通鉴》，全书近三百卷，总计三百多万字。我们想想，司马光可能的目标是什么呢？将来我写完了，皇上会很高兴，他会奖励我、提拔我，是为了这个吗？如果为了这个，他根本不可能坚持得下来，因为想让皇上高兴，这方法可就多了去了，有时进个谗言就能做到，他为什么要这么苦呢？是想象自己这部书完成之后可以名垂后世吗？没准出来就被销毁了。要知道，那个时代的印刷术可不像今天这么发达。所以，如果是本着这些目标，他会整天惶惶不可终日。

据说，白居易到了晚年就有这样一个目标：我这辈子写的几千首诗，可得流传下去啊。于是，他那几年也没想别的，天天就这儿存一套，那儿存一套，用区块链分布式存储的逻辑，到处散布，生怕自己的诗集流传不下去，焦虑得不得了。

我想司马光在编写煌煌三百万多字的《资治通鉴》时，一定不是这种心态。他一定是沉陷在自己每天写作的掌控感和乐趣中。我们想象司马光编写时的场景：我打算先写长篇，把所有的资料都摆出来，然后根据内容剪裁，切成小纸条，带着自己的助手，按照年份、月份、日期排列。仔细琢磨，这一段你看我如何组织，老夫写得妙不妙……对吧？他一定是沉浸其中，所以这十九年、这三百多万字才能坚持下来。就像有一句话，所有美好的事物，都自成目的。这个目的不需要到它之外去找。

中国古人有这样一条金句——既往不恋，当下不杂，未来不迎。你看，古代修身的大家就已经告诉我们：你不要去想象那个未来，它还没来呢，你先不要去迎它，别总想着自己在下一盘大棋，只不过当下没有兑现，未来才会兑现；过去的事，你就让它过去，不要留恋；重要的是什么？当下不杂，今天就这事儿，咱们不追问它为什么要做，行吗？反正得做，咱们先把它做了，不怀其他杂念。这叫当下不杂。

有一场永恒的战争：争夺对自己人生课题的定义权

我有一个朋友，很有名，不过我没有征得他的同意，在此就不说是谁了。每个周六，他都有一个功课，就是陪他妈过一天。我问，你为什么要这么刚性，这就意味着你不可能出差一周以上，对吧？他说，孝心嘛。孝心这玩意儿，可以表达的方式有很多。他说，是啊，所以很多人就不表达了。

我们每个人都知道要对自己的妈好，但是我们也都受过教育，受教育的最大成果是什么？我们对自己的每一个行为都具有超强的解释能力。假如这周没有陪伴我妈，我可以替自己解释：我在挣钱呢，挣了钱，可以给我妈更好的生活条件，这不也是一种孝心吗？所以这周我就可以不去见她。我们有太多这样的托词。

我问他，你每周陪你妈这一天，会跟她吵架吗？他回答，经常吵。那这不也是不孝吗？他说，没事，重要的是我可以让自己的行为固定下来，形成这样一个课题。这个课题是我每周的功课，是我按照一定的日子必须做的，做一辈子，我就是个孝子，不管其间我跟我妈顶了多少次嘴。

不知道这个例子，会不会让你的内心受到触动，我是想说，有时候我们缺乏的是什么？不是认知，不是想法，我们缺的是把那些想法变成二话不说、到点交付的具体行为。这叫什么？这叫课题。

我们的人生其实很悲催，从小读书、明理、入学校、考大学，我们所有的课题都是由别人定的。每门功课都得过吧，这个级、那个证总得考吧，有人考研，有人考公，各种各样的课题都被别人定好了，似乎每一个看似有价值的档口前，都排了很长的队，那我们也去排一个呗。你会发现，在大学毕业之前，我们都没有真正给自己定过一个只属于自己的课题。一旦步入工作岗位，才逐渐明白，如果你每次都只做领导安排的活儿，你的职场将会一片灰暗。如果你不能给自己定课题，要么就会变成一个只能坚守岗位的工具人，要么就将成为别人战车上的一颗螺丝钉，你不会拥有自己。这是从大学到社会最重要的一个转捩点——订立自己的课题。

所以，每当我的一些朋友，在自己的孩子即将上大学的时候，问我：大学期间什么事情最重要？我通常给出的答案就是，你得定一个自己的课题。不要问到底为什么，只要做就行。比如，我在这所大学读某个系、某个专业，那么我要认识这所大学里，所有专业最好的年轻讲师，我要跟每位年轻老师交谈一次。你看，这就是一个课题，不要问为什么，这种事一问就垮，因为根本经不住问。

　　每一个系里最好的年轻讲师，我都要认识，并且跟他交流一次，这件事大学四年做完，不苦吧？你说，让我找老师，可是我有点社交恐惧症……没问题，找老乡总可以吧？各个系著名的老乡会、学生会，我们认识一位，可不可以呢？你说，这件事对我来说，还是有些社交恐惧……好，学校举办的各种重要讲座，咱们争取每周参加一场，而且要写笔记，发表至公众号，或者短视频账号，都 OK。这就是一个课题。

　　如果你要求职，好，咱们也别天天编那个简历了，给自己立一个课题：每家心仪的公司，我都为其写一份用户体验报告。到了工作岗位，进入某个行业，那么这个行业内"大神"级别的、有名号的人物，我争取每月采访一位，然后撰写采访笔记。

　　刚才我列举的任何一件事情，只要你做，坚持五年，你再看看你是谁——你会不得了。这个"不得了"的背后，不是因为它从一开始就有什么目的，事实上刚才我在铺陈这几个课题的时候，好像也没有讲有什么目的，但是不是我们每个人都感受到了某种鼓舞：好像做成之后，我也在江湖上有了字号。就这么简单。你获得了对这一周、这一天的掌控感，而这种掌控感不断累积的正向价值会功不唐捐，进一寸，有一寸的欢喜。

　　我们这个时代，其实存在一场非常永恒的战争，我们每天都在战场上。你自觉岁月静好，是没有用的，这场战争每时每刻都在发生。什么样的战争呢？就是对于自己人生课题定义权的争夺。

　　刚才我所列举的那些课题，你当然会觉得无聊，想着"我不做"。但是不要忘了，你不会缺乏课题的，因为总会有别人来定义你。我的天哪，现在谁不想定义我们？任何一个 App 都会给我们划定等级，你是多少分的用户，是贵宾会员吗？进入一座百货商场的箱包门店，也会有店员告诉你，你现在才买了几个包，那款包你还没有资格买……所有人都拿着一个小本子随时给你打分，为什么？因为要把你安放在社会鄙视链中的某一环里，让你按照他们指定的路径往上爬。

　　即使在我们享受岁月静好的时候，也会有无数的刀正在试图将我们"剁"成肉末。你不定义自己的课题，别人就会来定义你。多少人追星追得迷失自我，你说，有什么好迷失的？不就是因为他是按照那拨粉丝、那个圈子中的那种等级标准，来认知自己当前的角色嘛，说来说去不就是这个原因吗？

　　我们要争夺自己人生的定义权，凝结成一个哪怕很小的课题。因为从本质上来说，无论你高不高兴、愿不愿意、满不满意，这件事情你都在做。

　　就像我，喜欢刷短视频，也是一个短视频狂热爱好者。如果你就每天傻傻地刷，什么好看刷什么，那么，每个运营短视频账号的人，都可以定义你。这里一个颜值向小姐姐，那边一个搞笑风小达人，每个人都在瓜分你的注意力。

但是，只要你稍微定义一下自己的课题，就会发现，短视频平台怎么会是娱乐工具呢，它分明就是一个教育产品。比如，此刻我想了解某个事物，假定我想知道"元宇宙"是怎么回事，先去短视频平台搜索一下"元宇宙"，遇到与它相关的话题，我就多看一会儿。哇，那个看起来很机灵的算法，很快就会变成一个"奸臣"，围绕你这个"明君"投其所好。大量关于"元宇宙"的资讯都会推送给你，你越有分辨能力，推送给你的资讯就越精准、越优质。那么，它当然就会变成一个教育产品，比教科书还好用。

当"元宇宙"了解得差不多的时候，你想再了解一下Web3.0，了解一点现在的金融工程学，没问题，自己定义。所有的算法都会变成你的"奴仆"，你的"臣属"，它匍匐在你的面前，伺候着你。这就是关于自己人生定义权的战争。哪怕只是一个词儿，我跟它较较劲，都能赢一局。是的，我们每天都在生活在这样的战场上，有机会赢，也有机会输，但是对自己人生定义权的争夺不会停歇。

甚至你都没有必要这么较劲，我们也并非一谈到学习，就必须分个对错、做好笔记、强行记忆，其实只需要分类就好。

比如，有多少年轻人觉得：短视频现在这么火热，等我出了校门也得去做，我也要运营成流量大号，也要变现……

实际上，如果你目前没有这样的短视频账号，也没必要马上就自己干，你只需要多听、多看，然后按照自己的想法，给所有看过的短视频分类。因为，我知道有一些广告界的"大神"就是这样练出来的。你想进广告行业吗？拿出一万条广告来看，然后分类：这个做得好，那个做得好，这个在这一类，那个在那一类……看完一万条广告素材，你会发现，全世界的广告就那么几个套路，"大神"很快就能练成。无非是争夺自己的定义权。

我自己心中就有一个秘密的小分类，因为我经常要见很多人，需要跟很多人打交道，但是我不会接受社会对他们的分类。社会的分类是什么呢？同事，朋友，亲属，等等。这样以关系的远近为标准，或是按照职业分类：他是医生，他是律师，他是设计师，他是程序员……社会是这样分类的，我们有没有可能跟公认的分类标准较点劲？

在我的内心分类里，第一类，是我愿意请他参加葬礼的人；第二类，是我愿意请他参加婚礼的人——当然，我不可能再结婚了；第三类，是我愿意与他一起创业的人；第四类，是我愿意和他一起撸串的人。我在心里把所有人都分为这四类。为什么我愿意请他参加我的葬礼？因为他知道我的价值，在我的追悼会上他会对我表示肯定。为什么我愿意请他参加我的婚礼？因为我愿意得到这类人的祝福。为什么我愿意与他一起创业？因为我能识别他的价值。为什么我愿意和他一起撸串？因为我们之间的相处很舒服，我愿意为他、他也愿意为我提供情绪价值。我觉得，人的一生依靠这四类人，生命就可以被支撑得很饱满。

这就是我内心的小分类，你也可以通过这样的"较劲"，支撑起自己的生命，然后就会发现，你所认识的每一个人，都不白认识。所以，争夺自己人生课题的定义权，这场战争的触发机制很微妙，甚至微弱，你根本不需要有多大的口号或目标。当然，所有的课题最好还要附带一种价值——长期性。

在自创的课题中建立长期主义。你说，这听起来好像也很脆弱，不，由人创立的，有节律、带时间表的课题，是极其强悍的。你在内心设置的目标，很有可能只是镜花水月，但是如果你做一个有节律的课题，它很容易就能形成非常坚韧的力量。

就像当初，我立定决心每天推送一条 60 秒语音消息，到 2022 年 12 月 21 日"刑满释放"，这件事情我从十年前就知道；等我 61 岁，完成二十年的跨年演讲，那年我要和我的夫人一起环游世界，这件事情我现在就知道。所以，未来哪有那么不可期？靠的就是你手中有一个课题。

做一点小努力，对自己很满意

今天这场演讲，我最希望塞到你们脑袋里的，就是关于长期主义的两个误解。我们以为，长期主义就是高远的目标，加上痛苦的坚持。不，我想告诉大家的是，长期主义实际上是你因为有了一个课题，于是每天都在精进，凭借这个课题不断地敦促、优化自己与周边的关系，因而获得成长。在课题中精进，在关系中成长，这才是长期主义者应有的样子。

这么说，可能还是有点抽象，我们举个例子。假设有一天，我在一片莽莽森森的原始森林中迷了路，没有向导，也没有地图，请问我该怎么做？

很多年轻人的状态其实跟这种情况差不多：不知道出路在哪儿，也不知道怎样才能走出去，甚至连这片原始森林有多大都不知道，没有一点方向感，因此很多人都说自己迷茫。好，我们就把这种迷茫设为一种非常具体的情境——在原始森林中迷了路。我们应该干什么呢？爬到树梢找出路吗？很多人都告诉我们，要精进认知，所以我们遇到困境的第一个想法，就是爬到最高的树顶上。但是在原始森林里，即使我们爬到最高耸的乔木顶端，往往也只能看到莽莽森森的大森林，仍然找不到出路。那么，到底应该怎么办？

有野外生存经验的人会告诉你，忘了出去这件事吧，那不重要。或者说，尽管重要，你也没辙。现在首先要做的是什么？听，听什么？听水声。你要找到哪怕最小的一条小溪，然后到小溪边去，顺着水的方向往下走。

为什么要找到小溪？很简单，我们要找到今天的课题：我今天得有吃的。哪天才能走出去？不要操心，今天先不死。只要找到小溪，就会有水喝，我们的生命即使在没有食物的情况下也能保持一周，而其他的小动物也经常要到小溪边喝水，那么你就有机会打猎。有了食物，你就可以在原始森林里生存。这就叫课题。先活下来，让自己在今天拥有确切的、有掌控感的目标。

其次，为什么还是要找到小溪？因为，假设这座原始森林里还有另一个迷路者，假设他足够聪明，他会跟你一样找到这条小溪，你遇到同行者的机会就会大增，至少在概率上有所提高。你可能会问，如果这个人不知道这个知识呢？——那么笨的人，你遇到他也没有什么用，对吧？你要跟聪明人在一起，但凡偶遇一个，你们生存下来的概率就会继续提高。

你说，这不还是没出去吗？不重要。我们都知道某个一般性的道理，水往低处流，天下所有的水最终都会流向大海。只要你沿着小溪往下走，就一定会找到小河，小河一定会通向大河，大河一定会汇入大海，所以你是肯定能够从这片森林中走出来的。不要问方向，不要问自己的出路在哪里，你只需要做好每天的课题，优化每一个可能出现的关系。这就是长期主义。

至此，你会发现，长期主义没有我们想的那么高大上，它

无非是安顿我们此刻做什么，今天做什么，我做的这件事情有
价值吗？这种价值能够体现在周边人对我的认知上吗？这些问
题一问，自己就会忙起来，你的生命也会逐渐被优化过的关系
照亮，就这么简单。

今年年初，我出版了一本书——《阅读的方法》，当然，
这本书本身写得很好，不过我并不想说这个。我想说的是，这
本书腰封上的一句话：做一点小努力，对自己很满意。

这句话来自一个灵感。有一天，我下班的时候，路过一位
同事的工位，就随口打了个招呼：今天过得怎么样？他说，今
天干什么都不顺。哟，那你咋办？同事说，我决定今天不吃晚
饭了。这样，我就可以因为今天的最后一个动作——不吃晚饭，
对自己很满意，我拯救了我自己。

这是一个特别高明的思维方式。他其实是通过这个小小的
动作，收复了自己对今天的掌控感，因而可以对自己很满意。
就像读书，读书到底是为了什么？别人会告诉你，为了长本事、
学知识，你会变得很有腔调，等等。不要搭理这些，读书最重
要的收获，就是"今天我对自己很满意"。

假设过去有半个小时，我们是刷剧度过的；今天有半个小
时，我们是打游戏度过的；又或者刚才的半小时，我们是读书
度过的。这三种方式给你带来了等值的愉悦。那么，你会对哪
半小时的自己更满意呢？愉悦是等值的，但是，对那个读书的

自己，你的评价肯定更高，对读书的自己更满意。

所以，如果说我对大家有什么建议，很简单，希望你每天晚上走进卧室的时候，手里拿的最好不是手机，而是一本书，或者电子阅读器。哪怕你说，我只读了两行字，就睡着了……没关系，因为你的这一天结束在读书上，第二天一早，你还是可以对自己很满意。我们漫长的一生，就是靠这么一点一滴对自己的高评价累积起来的。

回到我自己，2022 年是我做跨年演讲的第八年，如果说，我一定要达成某个目标，是希望今年的观众比去年更多，流量比去年更大，商务收入比去年更高？……实际上，这些我都控制不了。我能够控制得了的就是：今年演讲的内容写得比去年自如一些吗？前期的策划和采访做得比去年勤奋一些吗？受到的启发和个人的收获比去年增加一些吗？在舞台上的表现比去年轻松一些吗？这些才是我能控制的。

所以，我现在就知道，2023 年 1 月 1 日凌晨零点三十分，当我走下舞台的时候，我会暗暗地对自己，或者干脆以右手握着左手说：罗胖儿，过去一年，你做了一点小努力，你可以对自己很满意。

这就是我的"长期主义"，谢谢。

2022 年 11 月 6 日

“李玫瑾”

谈谈恋爱那些事儿

>>> 年近半百，你要问我："人活着究竟是为了什么？"我真一句话都说不上来。但是我想，每个人之所以来到这个世界上，一定是缘于两个相爱的人。真正的爱，可以让我的生命更加饱满；在责任和自律中，明白什么是真情，就是我们人生的意义。

抖音扫码
收看精彩瞬间

李玫瑾

犯罪心理学家，中国人民公安大学教授，
研究生导师，中国青少年犯罪研究会副会长。
长期从事犯罪心理和青少年心理问题研究。

　　同学们好，非常高兴看到这么多年轻的面孔。大家可能知道我是干什么的，我在中国人民公安大学研究犯罪心理学，也从中看到了一些人生中的问题。而且，我觉得你们在这个阶段，人生中最重要的一个课题、话题，或者说功课，就是恋爱。所以，今天就想跟大家谈谈"恋爱那些事儿"。

有人在彷徨，有人已疯狂

　　我们都觉得，恋爱是一件非常自然的事情，好像只要到了年纪，差不多就可以开始了。大家在日常追剧娱乐中，也会"嗑CP（人物配对）"，对吧？可能有些同学会说，我们也只能看着电视剧嗑一嗑，实际身边还没有合适的对象；有的人说，我倒是有，而且已经相中好几个了，可是只能选一个，我不知道哪个更好；还有的人说，我现在还是有点犹豫，到底要不要谈恋爱……

你看，有的人正在彷徨，有的人就已经很"疯狂"了。"疯狂"什么呢？就是会陷入这种状态：一谈恋爱，就全身投入，只要对方能够爱自己，简直高兴得不知所以。于是，有的人一旦恋爱，就会自带十级滤镜，看什么都是美，看什么都是爱。他们爱得你死我活、不管不顾，但凡周围人说，你爱的这个人不行——谁说不行？就是他了。或者说，怎么不行，你说一说？人家告知之后，他又会说："你这是嫉妒！"

所以，有些"恋爱脑"一旦疯狂起来，确实特能"作"，这种"作"就像剧本一样，会要求对方必须怎样爱自己，自己又将怎样对待他，而且其间连父母的话也不带听的。"恋爱脑"也可能是阶段性的，有的人很快就会度过，但也会有人会深陷其中。

还有一些人的恋爱，是"恋"什么呢？有的女孩，特别希望恋人像父亲一样爱自己；也有男孩，希望女孩能够像母亲一样宽容他。所以，像这样类型的人，他们想要的恋爱，其实是"纯爱"，以及由过去延续至今的、某种精神上的依赖感。这时候，你会发现，爱好像不太靠谱了。

我曾经为一个母女关系很僵的家庭，做过一些心理方面的调整。后来发现，这个女孩所有的心理问题，在于她青春期的处境。她希望能有个男性，陪伴在自己身边。于是我就问她妈妈，孩子的父亲呢？她妈妈说："唉，别提了。我那会儿年轻，疯狂地爱上了他，可是他是一名画家，经常需要外出写生，时不时扛着一块画板就走了……"这位画家的观点是：我可以和你恋爱，但是不能陪你柴米油盐。所以他每年只有春节的时候回家一趟，其他时间就游走四方。

我问，难道他就不想念自己的孩子、他的女儿吗？女孩的妈妈说："直到现在，我都爱他、放不下他。我们的婚姻还在，可是他就是不在家。"我告诉她，那你女儿的心结就永远解不开，因为孩子的内心，实际上非常思念她的父亲。

所以说，如果遇到这样一个恋爱对象，你要承受的是后续一系列的生活问题。

那么，我们就需要思考一个问题：恋爱就爱呗，想那么多干吗？还有人说，恋爱有什么难的，有考大学难吗？我们从小到大所经历的最难的问题，可能就是考大学了，对吧？只要能考上大学，人生第一个任务就算完成了。可是在考大学之前，你一直都在学习怎么考试，因为考试是有标准的，至少存在某种章法，什么是正确答案，什么是错误思路，你大概也能猜出一些规律来。

恋爱有什么样的规律呢？我们发现这个问题是真的挺没

谱的。这个人你怎么都看不上，可是他跟张三就能过得好好的；那两口子打得一塌糊涂，离婚之后再婚，也能风平浪静。所以婚姻问题确实复杂，也就是说，它存在一个适不适合的问题。

怎样才能知道一个人适不适合自己？有句话叫"识人识面难识心"，其中我们也会看到各种各样的风险。有的人嘴上说着特别爱你，实际只想骗你上床，那这是爱，还是占有？尤其一些明星，你别看他们漂亮、有钱，找对象都特别难，因为他们不知道对方究竟是看上了自己的长相、钱财，还是别的什么。有时候，一个人在恋爱中越有优势，反而越危险。

恋爱的风险误终身

遇到不适合的人，故事都还算好的，需要面对的只是生活的难题，最多忍受寂寞，忍受艰难。那么，我们知道还有一种恋爱，埋藏的却是算计、控制、风险和疯狂。这种现象，我们在生活中也并不少见，甚至走向极端。

2020 年 7 月，南京市有一位女大学生，她和男友已经同居了几个月。这天，男友提出了一个浪漫的旅行计划——同去云南瑞丽，感受美丽的自然风光。就这样约好、买票，女孩没有任何的心理准备，带上行李出发。没想到，刚下飞机，她就被接到了山里，被害。我想，这个女孩到死都不会明白，自己因为什么被害。她一定以为，自己跟男友的感情很好，而且已经同居，相互足够了解。

而我们看到的是，说走就走的旅行，却让她命丧他乡。在这例案件中，我们固然可以抓捕犯罪人，但也足以明白，恋爱的风险和危险。

我们还可能听说过另一起案件，2019 年，北京大学一名女大学生于宾馆自杀。之后我们在调查中，发现了她跟男友的很多对话，由此出现了一个词，叫"PUA"（Pick-up Artist）。

什么意思呢？20 世纪 40 年代，美国上映了一部悬疑惊悚电影——《煤气灯下》（Gaslight），讲述了一个男人算计女人财产的故事。他先跟这个善良的、没有任何防范之心的女人结婚，然后采用了各种计谋，让她感觉自己出现了错觉，心理和精神上都出现了各种问题，自己是个病人……

我们知道，人一旦陷入这种情形，就会失控。比如，我明明觉得这是红色的，你非说是蓝色的；我明明觉得这盏灯时明时暗，你非告诉我，它一直亮着，是我产生了错觉。那么，电影中的女主角，最后真的在这种控制下，自以为精神失常了。

男人要把她送进精神病院，然后获得监护授权，好攫取对方的财产。

那么，这部电影中描述煤气灯或明或暗的"pick-up"，就成了"PUA"一词的来源，也就是"精神操控"。这个词在网上有很多说法，我从自己专业的角度，把它界定为"拿捏人的技巧"。实际上它不是简单地控制，控制仅仅是限制你，"PUA"则会给你制造错觉，进而让你自己觉得"我有问题"。

所以，在我们刚才所说的案件中，这个自杀的女孩实际上也遇到了同样的情况。她和男友相爱之后，对方提出了一个问题：你不是处女。在跟我恋爱之前，你还跟别人在一起过。

于是女孩就非常自卑，在自卑不断发酵的过程中，男友开始提出各种苛刻的要求：你要为我拍裸照，为我怀孕，然后还要流产……你必须显示对我的忠贞，证明对我的爱。按道理来讲，作为北京大学的学生，这个女孩也不傻，她也试图摆脱处境。可是，这时男友又表现出了对她的"爱"，并以死相挟：我是多么爱你，如果你不再爱我，我就只有死路一条。

女孩特别善良，不愿因为自己导致对方"自杀"，于是在这个过程中，她一步步陷入其中，不能摆脱，最后以自杀来了结这段感情。

当然，这两起案件都不是个例。在几年前，还发生过一个他杀案件。作案者是一对夫妇，可是，这个男人在得知妻子与自己恋爱期间不是处女之后，就天天拿这件事来打骂对方。女人又离不开这个男人，因为她觉得，丈夫对自己好的时候，特别好。于是，她心甘情愿地给他做奴隶，愿意为他做任何事情。

男人说，你要是真心对我好，就去给我找一个处女，这样我就能原谅你。事实上女人这时候已经怀孕了，在听到这样的要求后，她居然真的下楼，看到路过的一名女大学生，就说："姑娘，我要上楼拿东西，可是我现在肚子大了不方便，你能不能把我送上去？"遇害的女孩特别善良，毫无戒备地送她上了楼。进屋之后，女人说，你先别走，我特别感谢你，所以一定得招待你喝点什么。她向女孩递了一杯酸奶，女孩喝完就被麻醉了。在作案的过程中，两人杀掉了这个无辜的女孩，因为他们肯定不希望见过自己相貌的受害人出去。

你看，这种恋爱和婚姻当中的风险，一点都不个别，无论谁遇上，概率都是100％。对吧？

还有的恋爱，属于另外一种情况，就是"痴情女"，也有人把它叫作"少女的英雄情结"。我见过特别多案例，有因此遭受家庭暴力的，还有为此上了"贼船"的。

我曾经在一个监所，访谈那些不堪忍受家庭暴力而杀人的女性，其中有一位向我回忆起曾经的恋爱故事。她说：我上学的时候，那个人在我们这座城市里，就已经"称王称霸"、很有"名气"了。而且，他对我特别好，还大张旗鼓地来中学里追求我，让我在同学们面前特别有面子。那个时候，他对我的好真的是无以复加，难以抵抗，于是我就嫁了他。刚开始他对我也是一如既往，直到我怀孕，第一胎生下了一个女儿，他不干了，说："我这样的人，生的怎么能是女儿？把她给我掐死，我必须生儿子……"

结果大家都知道，妈妈怎么可能这么做？孩子是她自己身上掉下的肉啊。她抱着孩子就跑——甚至她的婆婆都在帮她，从这屋跑到那屋，从室内跑到院里，各种躲藏。最后，被逼进卧室实在没有办法了，她就拿出男人在床头柜里非法藏匿的手枪，警告对方：再过来的话，我就开枪打死你。

这男的说，你长本事了，还敢打死我，你开一枪试试？最后，她嘣的一枪就把对方打死了，自己也被判了无期徒刑，余生都要在监狱里度过。

我们香港有一部电影《古惑仔》，据我所知，它误导了很多处于中学时代的少年们。因为演绎"古惑仔"的演员们都太帅了，导致很多看过这部影片的男孩都想当"古惑仔"，女孩都想嫁"古惑仔"。受其影响，很多女孩会觉得，自己今后要找的恋爱对象，就得有男人的气味。什么气味呢？豪爽、仗义、挥金如土，同时又把自己"宠上天"。

可是她们不知道，那种在婚前就把你"宠上天"的男人，风险都非常高。因为，"宠上天"这种事儿，是需要财力、物力和耐力的，尤其是心理耐力。很多男人固然可以爱你，但是他还有自己的父母、自己的工作，对吧？所以，现实中不会有那样的男人，如果有，那都是不正常的。

可是，"少女的英雄情结"偏偏就能让她们特别满足、沉醉于虚幻的幸福感之中。这种"痴情女"，到头来也不过是为爱迷惑，误了终身。

大家都觉得，泰国是开展浪漫之旅的好地方，然而，有好几起涉及中国人的凶杀案都在那里发生。这起更惨：一个已经怀孕的女孩，居然被她的丈夫抱着说"去死吧"，继而推到了山下。老天真是"厚待"她，让她没"死"。甚至当她躺在医院的时候，丈夫还赶来身边威胁她。最后找到机会向警方说出实情，她才得救。

根据这个女孩的讲述，自己当初之所以看上这个男人，就是因为他对她非常好。后来我们才知道，这个男人与其结婚，仅仅是为了她的钱，如此算计地谋害妻子，为的不过是得到所有的财产。

我们可以看到，以上三个婚姻中出现可怕事故的例子，一个重要的原因是什么？很显然，他们从恋爱初始，就完全是失败的。尽管这些案例都比较沉重，但是我还是想告诉大家：无论是高高兴兴地同居试婚，还是已经结婚，我们都要明白——恋爱这个课题比之考大学，不敢说更难，至少风险比较大。这也正是我今天选取这个话题的原因。

　　不要以为，我们都是大学生，就不会遭遇这些风险。要知道，我们刚才所讲述的几起案件，被害人也全都受过高等教育。我们在日常生活中看到的是一片祥和，只有干这行的人才知道，风险都在底下埋伏着。所以，我们在这个年龄段，应该去了解到底什么是恋爱，如何去谈一场恋爱，我们期待的"爱情"真的存在吗？其实这些问题都挺值得回味的，只是有时候，我们会觉得"说不清"，因为我们懒得追究。

人生的意义在于人间有真情

　　有这样一起案件，是我做过调研，并且在当时也非常轰动的。它发生在 2004 年春节后不久，在一所大学里，犯罪人因为一个莫名其妙的原因，把同宿舍的四名同学杀害，藏在柜子里逃跑了。这起案件引发了警方极大的重视，以及全国范围内的通缉令，最后他就逃到了海南。

　　坐在海边，他开始不知道怎么办，觉得自己只有绝路了。于是，索性就拿出很多磁带——那是他原本买来准备听外语的，开始一盘一盘地录下自己想对家人说的话。因为，在逃亡期间，他特别想念家庭和家人，同时他也明白，自己再也回不了家了。

他是家里最小的孩子。除了爸爸、妈妈，他还有两个姐姐和一个哥哥。为了减轻家庭的负担，两个姐姐早早就嫁了出去；由于他从小成绩非常好，哥哥希望他能好好读书，也很早就出去工作了。这个家里，只有他考上了名牌大学。用他自己的话说：如果我顺利毕业，找到一份好的工作，我爸妈的晚年就有靠了。

可是，现在这一切都完了。他说，我知道这一系列行为，让我的家庭失去了希望，对被害人的家庭也一样。而在录给大姐的一段录音里，他表述了这样一种苦闷：大姐，以前你总爱跟我聊天，老问我有什么想法，可是我这个人就是不爱说。现在，我想告诉你，不说就是因为我有一个问题想不通——人活着究竟是为什么？有一首歌的歌词是"一百年前，没有你，没有我；一百年后，你不是你，我不是我……"那么，一百年之后，我们在哪里？

看到这段话，我们大概可以明白，这种苦闷实际也是他作案的原因之一。他觉得，人大不了就是一死，反正"以前也没有你，以后也没有我"，我们还在乎什么，对吧？关键是他随后的一段话，让我非常震惊。他说："现在我知道，我错了，人生的意义在于人间有真情。"

听到这的时候，我就从眼前的卷宗中停了下来，陷入沉思。年近半百，你要问我："人活着究竟是为了什么？"我真一句话都说不上来。但是，当我听到这句"人生的意义在于人间有真情"，就想：生命是怎么来的，我们每个人是怎样来到这个世界上的？那一定是缘于两个相爱的人——虽然可能有特例，但是绝大多数人都是父母爱情的结晶。

人一出生，就是完全无能、无助的，老天只给你一个本事，就是哭和喊，你要怎样才能活下来呢？靠自己的父母。那是一份恩情，是熬过多少个不眠之夜才帮你度过的。你所有的需要都依赖他们，你翻身、你打嗝、你肚子胀气，都得他们帮你。

再有就是，你长大成人的过程中，父母有事，总要把你托付给邻居、朋友、老师。你学业生涯中有多少门功课，总会遇到一辈子都难忘的老师，他在恪尽本职工作的同时，也会付出很多爱，想尽办法帮助你弄懂各种知识点。所以，你要知道，在这个社会上，有多少人在为你的人生辛苦地支撑着。远的不说，至少你的父母、亲人、朋友、老师都在支持你。我们就是凭借这些亲情、友情、师生情等的滋润长大的。

什么时候才算成熟了呢？等你知道怎么去爱了。小时候，你说爱爸爸、爱妈妈，那是嘴甜。当你的父母瘫在床上，你还能够做到每天耐心地陪伴，那才看得出是真爱。生活中，我们什么时候开始明白爱一个人的滋味呢？就是恋爱。当我心里住进了一个人，有好吃的，我要给他留一份；有电影票，我要给他留一张；遇到任何好事，我都愿意和他一同分享。这时候，你开始学会将自己拥有的主动分给另一个人，说明你长大了，可以往外输送爱了。

爱的表达有很多种。真正的爱，可以让我们的生命更加丰满，同时也会给人带来责任和自律。我们都要在责任和自律中，明白什么是真情，这就是人生的意义。

假如人类没有爱

这里，我们就要讲讲什么叫"情"。在心理学理论中，"情"属于"知、情、意"中的一种基本形式，它包括"情绪"和"情感"。这二者的区别在哪里呢？"情绪"与人的生理相关，比如：我饿了，没劲儿了，没情绪了……"情感"则涉及人与人之间的关系。就像一个人想家了、失恋了、被人算计伤心了，等等。也就是说，"情绪"是自身的生理，而"情感"是和他人的关系。

我们所说的"情"，就是"情感"，它是人性的核心。恋爱就是众多"情感"中的一种，具体表现为一对一的"情感"。其实，人的一生中会经历两种"恋"，一种叫"依恋"，另一种叫"恋爱"。这两种"恋"都与孕育生命有关，"依恋"是一个人活下来的起点，"恋爱"则是制造生命的起点。

如果人类没有爱，会是什么情形呢？我在犯罪问题的研究生涯中，见得太多了。心理学家也做过一种"替代母爱"的研究，比如：制造一台机器，然后把小孩放上去，配上奶瓶，让孩子躺在那儿，就能喝到奶。还有一种实验，就是对于孩子的单独抚养；或者将"最优秀"的人种进行交配，不采取一对一的抚养方式，等等。凡是这种实验——替代母爱、集体抚养，没能培育出一个优秀者。相反的，制造出了大量从小敏感、焦虑、强迫，成年以后抑郁直至崩溃的人。有一位心理学家，他就对自己的两个儿子实行了这样的实验，最后这两个儿子都没能活过 40 岁。

所以，我们可以看到：如果人类没有爱，首先在成长过程中会遭遇各种问题；尽管你成年了，没有爱的能力，走到哪儿也一定是孤独的、怪异的，饱尝着周围人的敌意。因为从小缺乏爱，所以长大后也不会给予爱。反之，如果早年得到很好的抚养，有爱的浇灌，你所到之处都是欢声笑语，社会成就感也会很容易达到。你看，这样早年的抚养方式，就可以决定一个人的生命面貌。

无论是从正面，还是反面，我们都可以得知，"恋爱"中的"爱"在我们人生中如此重要，它不是可有可无的、可以不当回事的。如果你不懂，即使结了婚，家庭也会一地鸡毛。

我研究过一些严重暴力犯罪人，发现他们犯罪的时间点与一般犯罪者不同，犯案年龄主要在 40 岁以上，而一般犯罪者都在 20 岁上下。并且，他们中有三分之二的人，居然都没有前科。也就是说，这些人活了半辈子，从没有犯过罪，突然有一天，就拿着刀跑进幼儿园砍孩子去了。

为什么？我告诉大家，他们一定遇到了两种麻烦：第一，在工作场所不受欢迎，经常失业；第二，恋爱失败，或者好不容易结了婚，又离婚了。像这样的人，人生越走越窄，他会变得疯狂。因为不会爱，就连他自己，都很难满足自己的要求。

讲到这，我也建议大家在人生中多多尝试。尽管你也不知道，恋爱到底是酸的、甜的、苦的还是辣的，但它总算是一种感受、一种经历，是我们的一段人生记忆，也是一门需要研习的功课。

读人，读己

那么，应该如何开展我们的恋爱呢？实际上，恋爱是读书之后的读人。要想读人，从哪儿开始？具体的人。最具体的人莫过于我们自己，所以，我们读人最好的办法，就是先读自己。

我是谁？准确地说，自我认知就是我们读自己的起点，一个人最难的，就是认识自己，我们也叫"反省"和"反思"，什么叫"反"？就像我看自己的后脑勺，能看见吗？没法看啊。但是，我们后来学会了：第一，求助他人："劳驾您，帮忙看看我后面是什么样子"；第二，借助镜子，一前一后相互照见。

所以，我们发现，"反"是可以通过借助达成的，那么"反思"也同样如此。第一，得有一个客观的标准。这就是我们慢慢形成的社会良知和公众规则，根据规则，区别对错。第二，最重要的是我们开始具备的抽象思维能力，也就是高中前后。这时候，我们可以在内心中把自己当作别人来审视。假设我这天去参加了一场聚会，在饭桌上我如何与人相处，跟别人都说过什么话……回来以后，就想：我当时和那位同学说的话合适吗？我之所以对那个人讲话酸溜溜的，是不是一种吃醋的表现呢？这就是在反思自己了。

再比如，我之前看到一位同样研究心理学的同事，他在谈恋爱的阶段，就将自己的优点和缺点写到了纸上，又把对象的优缺点同样列出来，进行比对。这是挺有意思的一件事，通过心理学的排列方法，分析双方优缺点，看性格是不是互补，各自的缺点能不能互相接受……他实际上就在"反思"和"反省"。所以，读己是我们的恋爱中一件非常重要的事情。

我曾经问我先生——当时我们还是朋友，你到底爱我什么？他就给了我一连串的赞美，当然，这些赞美也是我自认为可以接受的。我一听，觉得还行，因为他对我的概括相对还算贴切，我想这些品质也值得爱，于是也就接受了。

当然，我也要明白自己为什么爱他。那时候，我很看重家庭的氛围，他说他们家欢声笑语。我想，一个从这样家庭里走出来的人，应该是阳光的。后来一去，果然如此，他们家简直人人都是幽默段子的高手，只要姐妹们聚在一起，就会非常开心。这就是我们需要"读"的，在恋爱的过程中，我得明白自己要什么，爱对方什么。

从祖辈观其遗传，从父母观其性格

大家经常能听到一句话："婚前要睁大眼睛，婚后要半睁半闭。"可能是出于研究犯罪心理学的原因，我的戒备心特别强，尽管我日常与人交往非常平和，甚至很会替别人考虑，但这种防备还是会经常显露出来。

如前所说，人性非常叵测，尤其对于涉世未深的人，其中的细节远不是我几句话就能讲清楚的。但人性也分善恶，只不过行为人在某种情况下更多表现出了善，而在另一方面，呈现的就是恶。

记得早期，我在《今日说法》上点评过一件案例。贵州的一个男孩，他没有父母，跑到山上自己过日子。到了青春期，他有性的需要了，开始在山脚下寻猎，只要见到单独行动的女中学生，就给扯到山上。遇到激烈的反抗，他就把对方杀掉，截至案发，他已经杀了三个人了。再一次掳进被害人的时候，这个女孩很聪明，也很善良，她说："无论如何，请你不要伤害我的性命。因为我还有一个爷爷需要照顾，他这么大年纪，如果没有我，谁来管呢？""你没有爸爸妈妈吗？"女孩说，没有了，紧接着讲述她的爸爸妈妈是如何离世的。男孩当时就被触动了，这是他唯一一个放出来的女孩。

这就是人性的善恶，他可以毫不犹豫地杀人，也会在遇到软肋时表现出善的一面。因此，我们在恋爱和婚姻中也不能轻信，要慢慢地去考察，对方的善表现在哪儿，恶又体现在哪个方面。

我在一个监区做调研的时候，遇到一名未成年少女。监管的人说这个女孩的心态非常可怕，问我能不能去跟她谈谈。这么多年研究下来，我什么犯罪人没有见过？但是当我跟这个女孩单独在一间屋里，当我看到她的眼神的时候，我内心真的升起了一种寒凉和恐惧。她的眼神是那样凶狠，似乎看谁都想杀掉。

于是，我小心翼翼地问她，生怕触碰她的伤口。这个女孩犯的是什么案子呢？她在中学里把自己的男朋友捅了七刀。男朋友侥幸没死，她被抓进来后说的第一句话，就是："别让我出去，否则我保证他活不过一周。"我说，你们一定有一个美好的开始。这时，她的眼神开始变得柔和，看着窗户回忆：有一次我们学校举办联欢会，他唱了一首英文歌。当时我的心就没了，全归他了。

我问，歌里的故事一定很悲伤吧？她说是，那首歌出自一部以日本原子弹爆炸为背景的电影。大家可以想见，绝对是个悲剧，因为悲剧最容易打动人心。这女孩的心就被打动了，之后主动靠近男孩。没想到，这男孩跟她在一起，就是为了一次又一次地提出性要求。一年之后，女孩发现他实际上在追求另外一个女孩，她开始愤怒了。不过，愤怒归愤怒，她还没想"杀"他，结果这男孩居然再一次约她见面。女孩知道他又要提出以往的要求了，就带了一把刀赴约，事实果然如此。最终，她就朝着对方捅了七刀。

在这件案例中，我们可以看到：很多你以为无所谓的事情，于对方来说可不一定，你未必了解他的真情。那我怎样才能有效地读他？我的建议就是去了解对方稳定性的、心理层面的内涵。什么比较稳定呢？除了我们前面所说的"知""情""意"，还有一种一旦形成、终身伴随的心理现象，叫作"人格"。"人格"的形成有两种因素：生下来就有或出现的，叫作"遗传"；另一种叫"早年形成"。"早年形成"的类型有很多，技能、观念、性格，等等。我们常说人的"本性"，比如：好吃懒做、自私自利、放纵自我……都属于"人格"中的性格因素，一旦出现，就比较稳定了。

所以，在此我也想为大家提供一个识别"人格"的方法。大家恋爱的时候，会谈些什么话题呢？贝多芬，比尔·盖茨，马斯克？说到底，这些都叫"点缀"，我建议大家聊点实在的，就两个问题。

第一，你家里老人都健在吗？为什么问这个问题，大家想：我们谈恋爱的时候，基本在二十多岁了，那么父母就是五十岁上下，家里的老人应该在七八十岁。假如没有意外，老人们应该都还在世，这说明这个家族的遗传基因好。大家有没有发现，那些大科学家及家人，寿命都在九十岁以上？就是因为生理基因比较好，在后天的生活中，他们又能保持一种豁达的心态和好的生活方式。

第二，请跟我说说你的爸妈吧。这个话题的重要性，也要从一个故事讲起。

有一次我去少管所，见到了一个读初中的小伙子。男孩个子很高，戴着眼镜，一看就是那种家庭条件不错、典型的具有知识背景的孩子。但是，他犯了杀人罪——在争执过程中，导致了女朋友母亲的死亡。

在调研中，我们问了他一些常问的问题，比如：你爸爸妈妈都从事什么工作，生育你的时候多大岁数，小时候都是谁陪伴着你……结果，他面对这些问题的时候，非常不高兴，甚至站了起来，质问："这些问题，跟我的案情没关系吧？"
我看着他，安抚他先坐下，然后说："这样，你不想说，那
我就来跟你聊聊，我要告诉你，这些问题和你的案情究竟有
没有关系。"

我说，据我所知，你们家经济条件不错，应该有不止两套
的房产。当你们家房子多了，你的爸爸偶尔回家晚，就会对你
妈妈说："你们先睡，把门关好，我今晚就在这边就近住下，
不回去了……"爸爸经常这样，你妈妈就会发现，他一定是外
面有人了，于是就经常跟他吵架，也不想再带你，之后就把你
推到了奶奶家。这就导致，你的大部分童年，都在奶奶家度过。
长大后，他们俩都觉得对不住你，于是，你爸爸经常请你吃饭，
你妈妈不时给你塞钱。你钱财不缺，唯独缺少父母在身边的陪
伴和教育。所以，你从初中就开始恋爱，也去找一个"不靠谱"
的人。而这个女孩是什么情形呢？她父母离婚，妈妈被气得早
已离开北京，爸爸整日里就知道吃喝玩乐，没钱了再找钱。

那么，这个女孩交了男朋友之后，她爸爸就特别高兴，因
为这个男孩有钱。他就老让这男孩请吃饭，男孩也高兴，因为
每次请客，都能见到自己的女朋友。时间一长，女孩的妈妈知
道这件事，就不干了。她考虑的是：我的女儿还在读初中，而
且跟这男孩的家庭明显不般配，绝对不会有未来。于是，她就
想把女儿带走，不能让孩子跟着父亲学坏。

这时候，女孩的爸爸就跑来问这个男孩："你们感情好

吗？""好。"他就要求男孩："那你去找她的妈妈，做做思想工作，不能让她被妈妈带走……"这男孩就真的去找了女孩的妈妈，结果就把她妈妈给整死了。

后面，我就问这个男孩："现在，你觉得你的犯罪行为和家庭情况有没有关系？"他低着头，歪着脑袋说："我服了。"也就是说，父母的关系，实际上是孩子的情感来源。如果一个人的父母琴瑟和谐，那他的性格也一定特别好。哪怕在单亲家庭里，有的妈妈坚持把孩子带在身边，有的爸爸很努力地陪伴孩子成长，即便他们挣不了多少钱，孩子的成长经历也是充满阳光的。

所以，你要了解一个人的人格，就应该搞清楚这两点，它们足以让你知道对方稳定性的心理风格。很多孩子的问题，实际都在父母身上，而父母的婚姻关系，又在于其中一方对待婚姻与恋爱的态度。因此，我们还是要把恋爱当一件好事来谈，当一件大事来做。

不见人间烟火，谁知两情能多久

现在，我们年轻人之间流行一件很"时髦"的说法，叫"同居试婚"，或者都不叫"试婚"，只要双方感情好了就住一起，不好就分手。我记得中国人民大学有一位专门研究两性问题的教授，他认为"试婚"其实就是"试性"，而性是一件来得快、去得快的事情，它只是一时的兴奋，并且具有排他性，容易带来很多间接的问题。

在 20 世纪 90 年代，有一起很有名的案子，涉及我们犯罪心理学方面的工作——测谎，最终也是通过测谎的手段侦破的。受害者是一名青岛的女孩，她从名牌大学毕业后，遇到了一个商人。在工作的接触中，这个商人对其展开了追求。由于这个人举止都比较儒雅，说话也很温柔，女孩当时也就一见倾心，两人逐渐发展到了同居。之后，这个商人先将其从青岛调往上海，又可能出于其他的考虑，把她安排到了美国。不久，女孩就在一所买来的别墅里，生下了两人的孩子。结果突然一天，这女孩死了，身上被扎了很多刀，就连刚出生的婴儿，也被用枕头闷死了。

案发后，警方在调查中就认为，是受害者主动打开的房门。也就是说，凶手是女孩自己放进来的，考虑是熟人。而这个商人与受害者的关系，本身就是一场婚外情，于是他首先被列为怀疑对象。但是警方找不到作案证据，然后又考虑到了他的老婆。那时候的技术手段不像现在，一个人不管到哪儿，通过联网都能看到。围绕他老婆的调查，只能找到往返机票的行程记录，没有直接证据，最后只能采取测谎。这个商人和他的儿子都一次通过，只有他的老婆，三次都未通过，最后确定，凶手就是他老婆。

这起案件的结局，就是一个女人坐牢，一个女人被杀，一个无辜的孩子死掉，而这个"惹事"的男人还在外面。

所以，我们从中可以看到性的兴奋和不管不顾，它的后果有时真的会难以预料，尤其是"第三者"这种情况。像我们刚才提到的案例，有很多人希望能跟你同居，但是他不能容忍你曾经跟别人同居，甚至会拿你不是处女这件事来折磨你。而婚姻，是日常的柴米油盐，是两家人的相处、两代人的融合，还包括孩子的哭闹。这一切，真不是"试婚"能够试出来的。不见人间烟火，谁知两情能够多久呢？

此外，如果恋爱失败了，我们应该怎么办？尽管痛苦，你也应该采取一种比较恰当的方式来应对，而不是就此疯狂。因为，在生活当中，你爱的是一类人，而不是一个人，一定要明白这一点。假如你爱的这个人，他说他不爱你，那就说明你找的人不对，你应该去找那个对的人。放心，像他这样的人，肯定还有。所以，千万不要在一棵树上吊死。要知道，倘若你在结婚之后再遇到一个好的，想离婚都离不掉，既然你现在还没有结婚，还有选择的机会，干吗不选那个更好的？

即便在恋爱的过程中，遇到了挫折，受到了欺骗，哪怕对方背叛你，你也不要以极端的方式来处理。因为，在伤害或杀害他的同时，你也给自己的人生画上了一个句号。但是，你的人生不至于为了那么一会儿或者一时很不痛快的情绪而了结，这种痛苦是可以过去的。心理痛苦和生理痛苦一样，我们开刀做手术，不管拉开多大的口子，七到十天肯定就能拆线了，刀口也一定能够愈合。心理上的痛苦也可以，时间就是最好的愈合剂。只要你活着，就有希望。

　　人生要慢慢地过，在没有抵达终点的时候，你怎么知道哪一站最精彩？所以，各种酸甜苦辣，我们都尝一尝。大学是人生最美的恋爱季节，我们不要怕失败，只求不要错过。倘有机会，争取收获一份温馨浪漫、不乏尊重与责任的感情，在学业有成的时候，"夫妻双双把家还"。那么，今天我就讲到这里，谢谢大家的倾听，谢谢。

2022 年 10 月 28 日

"周鸿祎

你要怼我，请先懂我"

>>> 面向未来很多不可预知、充满不确定性的时候，大家要有这个思想准备——我们每个人都是盲人。diss别人很容易，但是真正考验人的，是get别人想法的能力。生活不是一场辩论赛。我们需要的是交流，以及不断地讨论。

抖音扫码
收看精彩瞬间

周鸿祎

360公司创始人、董事长兼CEO，

大数据协同安全技术国家工程实验室理事长，

中国网络空间安全协会副理事长。

.

节目组说，请我来给大家做一场交流，没想到搞了这么大的阵仗。我也好久没有当众对着这么多人讲话了，所以也挺紧张的。但是，想到我的一个梦想——有朝一日能够成为一名脱口秀演员，我决定来练习一下。

你们怎么都站着呢？请大家坐下，不用对我那么客气。不知道今天在场的有多少人是准备来 diss（鄙视）我的，节目组骗我说都是我的粉丝，不过我还是先简单自我介绍一下，我叫周鸿祎。很多人问我为什么喜欢穿红衣服，因为我的名字老被人叫错，叫周鸿"wěi"，所以我就穿一件红衣服来提示大家。

过去在江湖上，也有人叫我"红衣大炮"。为什么我会有这个称号呢？其实原来我和大家一样，都挺喜欢怼人的，而且我怼人的能力还挺强。不管三七二十一，反正先怼为快，怼完再说，怼个开心。但是这些年，大家突然感觉，"红衣大炮"哑炮了，不那么爱怼人了。因为我发现，怼人的时候，心情固然很好，可是对于事业的发展或自身的学习来说，可能会造成一些负面的影响。

今天，我就想分享几个故事，讲一讲为什么我不再怼人了。所以这场所谓的演讲，我其实不太愿意称之为演讲，就算是一种交流吧。如果在座的同学觉得我的观点不对，我也欢迎大家来怼我，只是希望各位思考一个问题：在 diss 别人之前，有没有认真地想一想，你真的 get（明白）对方的意思了吗？

大家经常会说一句话，你的语文是不是体育老师教的？我觉得这句话对体育老师特别不公平，而我最想跟大家分享的这些故事，就源于小学三年级时体育老师带我读过的一本书。

我记得那是一个下雨天，因为不能上体育课，老师就破天荒地给我们读了一段《中国古代寓言》。其中很多寓言故事，我在小时候读起来就觉得是个笑话，里面的人怎么这么傻呢？但是，随着年龄的增长，阅历的增加，我自己对有些故事的思考越来越深刻，就从中选取了七个我认为对自己人生影响比较大的故事，甚至可以说，这么多年无论成功还是失败，无论遭遇挫折还是其他，我总会不断地想起这七个故事。

另外，我们这代人的经历跟你们不一样，很难用我们的想法去要求年轻人，不过这几个寓言故事所蕴含的道理，是能够跨越年代的。尽管有些故事非常简单，但是我们可以做一种新的理解，新的阅读。

南辕北辙

　　第一个故事大家都听过，叫《南辕北辙》，我就不再重复了，小学课文里应该都有。我们想想，会觉得那个骑士真的很奇怪：方向不对，却用了最好的马，花了最多的钱，在错误的路上一路狂奔。

　　为什么我认为这个故事很重要呢？因为我发现，很多年轻人，包括年轻时的我，很少会去思考：我们做事的方向到底对不对？方向不对，即便再勤奋、再努力，效果都可能是相反的。

　　我自己能够侥幸地走到今天，我想，这跟我在中学的时候，就想清楚了自己这辈子要干什么很有关系。中学时我就特别喜欢计算机，那时候，计算机是非常稀罕的一个物件。我觉得这玩意儿太神奇了，又能打游戏，又能编软件，特别是当你把神奇的代码输入之后，几乎可以指挥它做任何你想做的事情。

　　高中时的我，与同龄人相比，考试成绩并不见得总是最好，还有些偏科。我甚至觉得，如果当时去参加高考，我未必考得上大学。我和同龄人最大的差别，是从那时起，我就坚定地知道自己未来的方向——将来长大了，一定要做计算机软件，我一定要写出自己的程序，希望天底下千千万万的人都来使用我开发的软件。

所以，在报考学校和专业的时候，尽管有的学校给了我很好的专业选择，我还是坚持了自己的方向。比如，当时有一所学校叫我去读食品工程专业，我的父母一听，高兴得都要哭了。身为饿过肚子的一代人，他们都说，如果你去学这个专业，咱们家这辈子就不会再缺粮食了。

你们在报考高考志愿的时候，有没有一种感觉——大家都在挑什么"热门"的志愿，实际上不过是从字里行间穿凿附会。很多人说，计算机没有未来了，生物学才是未来；还有人说，生物学也不行，建筑学或工民建（工业与民用建筑专业）才有前途——可能这些人在当年已经预见了房地产业的火爆。只有我，一直坚定地认为，自己就要学计算机专业。对我来说，上哪所学校不重要，学这个专业很重要。

其实，很多人是因为没有想清楚方向，选择专业时，很容易被父母的意愿、男女朋友的期望，甚至同宿舍室友的工作影响。有的人认为，我是南方人，所以不应该到北方去；有的人想着，应该选一个比较稳定的单位；还有人觉得，哪里工资高，我就应该到哪里去……但是，没有人会认真地思考：我到一家单位工作，五年、十年之后，究竟应该成为一个什么样的人，有着怎样的发展方向？

今天听说同宿舍的人出国留学了，还拿到了奖学金，觉得我也不比对方逊色；明天听说一位同班同学签了一家互联网大厂，所以我也去跟风凑凑热闹。那么，在毕业二十年、三十年之后，所有这些在当年风华正茂的同学们，一定会在社会的不同阶层，拉开不同的距离。这真的是缘于他们智力的差别、能力的差别吗？我觉得不是。是因为很多人没有想清楚，自己这辈子要成为一个什么样的人，也就是我所说的方向。所以，在人生的过程中，他会不断地改变方向，就像布朗运动一样，形成实际上的内在损耗。

我还是忍不住举一个自己的例子。除了大学选专业时，我坚定地选择了计算机专业，毕业找工作的时候，我也放弃了很多高薪邀约，去了当时的北大方正。其实目的很明确，我认为自己既然要做计算机软件，就应该到中国最大的软件公司去学习。当我在北大方正混得还不错的时候，我又离开了，开始创办自己的第一家互联网公司。很多人不能理解，其实用方向感就可以很好地解释，我依然在实践自己最初的方向。直到今天的 360 时代，我在做网络安全、数字化安全、国家安全等服务，这些都没有偏离我从高中时就确定的方向，不论是做软件，还是硬件，我依然希望，自己的产品能够改变其他人的生活方式，或者工作方式。

而很多所谓的聪明人，总是在看"风口"，总是在改变方向，总是在变换策略，他们有可能花费了很多的努力，但是由于中途不断进行方向的调整，最终反而没有带来整体性的积累。实际上，当你选择去攀登一座远方的高峰，为了达成这一目标，可能要先翻越一道深谷，甚至经历一段人生的谷底。但是，只要你看见远处的峰顶，知道方向没有问题，你就朝自己的目标更近了一步。所以，想清楚自己的人生怎么过，找到这个方向，我认为非常重要。

那么，也许有人会说，老周，你已经五十岁了，我们才二十出头，让我们一下子设想二三十年的路程，期间有太多的不确定性。我给大家一个建议，你们可以先想五年，或者十年。把自己十年的目标，分解为每一年要做的事情，也就是分目标、子目标。比如，每个月读一本书，或者每年学会一项新的技能。通过这种分解，一个人前行中就会更有目标感。如果没有目标，就会没有价值判断。我的判断很简单：凡是对我的目标有帮助的事情，即使没有眼前的利益，我也会坚定地去做；如果对我的目标没有帮助，即使有再多的诱惑，我们也要抵御这种诱惑。

比如，今天有位同学在一家公司月薪八千，另外一家公司说，来吧，你到我这儿，每月给你多加三千块钱。可能很多人就会做出一个跳槽的选择：一个月多三千块钱，可不是一笔小数目。但是你仔细一算，一年也不过多了四万块钱，就改变了你的人生。

当你如愿到了另一家高薪单位，发现这里跟你的人生发展目标并不一致，你却逐渐丧失了学习和前进的能力，变得毫无竞争力，最终就拿着这个工资过完了一辈子。而你如果待在原来的单位，也许工资不高，但是能够参与很多重大的项目来磨砺自己，你可能会学到很多先进的、在未来形成积累的知识和经验。拥有这些能力之后，你的身价又何止是"月薪八千"所能定义的呢？

我们很多人，在没有这种价值观和方向感的时候，就会陷入存在主义鼻祖萨特所说"人在选择面前很痛苦"的困境中。我究竟是应该到北方，还是南下去深圳？选择考公务员，还是去互联网大厂做高级工程师？选择更高的工资待遇，还是更加优厚的福利条件？

其实每一个选择，我认为都是有道理的，不必加上道德的评价，但是最重要的是，你一定要想清楚自己五年、十年后的目标是什么。这就是我对第一个故事《南辕北辙》的解读。故事本身很简单，但是只有当我们深入解读的时候，才能发现"方向比什么都重要"的道理。

守株待兔

第二个故事大家也听过，叫《守株待兔》，我就不再重复了。大家有没有认真思考过，有时候，我们自己是不是就是那个傻傻地坐在树下等下一只兔子撞来的人呢？

为什么我一直很反对成功学？它在我的词典里是一个负面词汇。每次看到别人的成功经验，我觉得他不过是在恰当的时机、恰当的地点，一不小心做了恰当的事。有这样一连串小概率事件的连续发生，才构成了所谓成功的最终结果。

今天，你所看到的每家成功的企业，背后一定躺着 100 家甚至 1000 家不成功的公司。这些不成功的企业，其中的创业者和年轻人并不是不优秀，他们也同样有能力，有才华，有追求和事业心，只不过偶尔时机蹚早了半步，或者跟进晚了半天，又或者是其他小概率事件没能如期发生。所以，我认为成功是一个特别难以总结的方程。我们都学过解方程，对吧？如果成功学确实可以助人成功，我们真的能够将其分解为一二三四五等各种步骤，像菜谱一样，只要照做，就能炒出一盘好菜——实际上这是一个痴心的梦想。

我们常说，"当局者迷，旁观者清"，360 公司也犯过"守株待兔"的错误。比如，在 PC 时代，我们做了免费杀毒的服务软件，这项目服务很成功，中国大部分用户都采用了我们的杀毒软件，自然也下载了 360 的浏览器，我们因此获得了巨大的流量。但是到了手机时代，我们又想把这套模式重复一遍，所以做了手机卫士和手机端浏览器，这就是犯了"守株待兔"的错误。实际上这时候的市场，已经发生了巨大的转变。

因为，手机厂商会认为，手机安全软件和手机端浏览器是"应用市场"，是他们必须掌握的产品内置软件。那么，供应手机安全软件和浏览器的，都被手机厂商干掉了，但是手机厂商自己的软件也并没有获得真正的成功，今天在手机上获得成功的，竟然是短视频平台这样做内容或服务的软件。

另外，从消费者的角度来讲，大家有没有感觉：工具在PC上都很有用，而在手机上的使用率一直急剧地降低？大家在手机上使用最多的功能是内容的获取，就像你今天会花费更多的时间用于刷短视频和购物。所以，人们对手机的使用习惯相较PC已经发生了巨大的改变。

我也经常回想自己当年创业的时候，应该说我很不幸，被三大互联网巨头轮流摁在地上摩擦，对吧？他们老认为我有威胁其发展的可能性：我做了客户端软件，腾讯认为对它有影响；我做了搜索浏览器，百度也认为对它有影响……但实际上，你用《守株待兔》的故事来看：超越QQ社交软件的，并不是第二个QQ，而是微信；超越"百度"搜索的，也不是第二个"百度"，而是张一鸣"今日头条"所做的推荐信息流。所以，我经常跟同行讲，今天颠覆我们的，绝不是第二个蹲在树下等兔子的人，而可能是另一棵树下蹲守的其他对手。

刻舟求剑

第三个故事是《刻舟求剑》。通过这个故事，我想表达什么呢？

我们今天处在一个"十倍速"时代。你在网上看视频、看网剧，可以通过特定按键快速地看完。我们的产品更迭速度太快，每个消费者的行为习惯变化也快，很多事物都在迅速地改变。

在这样一个"十倍速"时代，我们每个人都不可能用过去的记忆，来决定自己今天的行为，对吧？正如我在上船落剑的地方刻画了一个记号，等下船的时候，河水已经流动，小船也已经漂移，但是我们还想通过这个记号徒劳地寻找，你会觉得这很可笑。

大家想一想，我们看到的很多公司、很多人，是不是在做"刻舟求剑"的事？联想到我们年轻人，在学生时代积累养成了一些学习方法，但是到了短视频年代、直播年代、元宇宙时代，这些学习方法，包括做事方法，是不是应该去做一些改变？

其实，最早的时候，我是元宇宙的反对派，但是我认真思考了一番，时代已经变了，如果我还在用十年前看待产品和技术的眼光，可能就完全没有办法理解"元宇宙"这一概念在今天的快速发展。包括 B 站（"哔哩哔哩"视频网站）的成功，很多人问我，B 站的 CEO 陈睿做得很好，为什么很难模仿？道理也很简单，今天的互联网领域里，像我这样的老一代创业者，有多少人能理解"二次元"文化呢？

我之所以能够在二十年前成为互联网的主力，成为第一代创业者，是因为我自己就代表着当时互联网的主流用户。二十年前，互联网的主流用户是小众用户，是一批具有黑客风范、极客气质的敢于尝鲜者，所以我们能够了解用户的需求。那时候，我们的产品目标就是满足市场需求。但是今天，我们这一代人已经年纪渐长，孩子们成为"二次元"文化的忠实玩家，我们和用户之间已然产生了代沟。也就是说，当用户的需求和文化习惯已经大不相同的时候，我们就很难再运用二十年前的创业经验，来为今天的用户提供内容产品。

很多年轻人老是抱怨：创业空间都被你们占完了，今天的互联网行业中，你们这些"大佬"都已经功成名就，没我们什么机会了，我们年轻人是不是就该"躺平"，或者只能"内卷"了……我真的不这么看。

我认为，时代一直在变，游戏规则一直在变，今天互联网的主力用户也在不断地改变。随着老一代创业者年龄的变迁、经验的固化，他们不可避免地会出现"刻舟求剑"的毛病，而这恰恰就是年轻一代创业者有可能抓住的机会。

我曾经看过一份营销报告，据它显示：其实很多产品不是过时了，它们之所以被淘汰，只是因为其主力用户群老了。包括很多奢侈品，或者在老一辈人心中很有认同感的品牌，到了年轻一代，为什么没能获得认可？用"刻舟求剑"的道理就可以解释，一代人已经成为过去，年轻一代有年轻一代的思维习惯、文化特质，也有新的需求需要得到满足。

盲人摸象

当我提到第四个故事《盲人摸象》，可能有人要跳出来说，老周你错了，它不属于中国古代寓言，大概是来自印度，或者源于《伊索寓言》。但是，请先不要跟我抬杠，我要讲的正是关于"杠精"的故事。等我讲完，你就知道，这个故事究竟是不是中国古代寓言，一点都不重要。

故事的内容，我也不重复讲了，请大家在内心温习一遍。看起来，里面的盲人都很傻，但是，以我这么多年开了无数讨论会、争论会的经验，我发现一个真理：在每一个客观事物面前，或者对于任何问题的观点，特别是面向未来很多不可预知、充满不确定性的时候，我们每个人都不可能真正全方位地把握。

大家要有这个思想准备——我们每个人都是盲人。

很多时候，公司里的团队会议变成了"大专辩论赛"。兵分两队，一正一反，毫不留情地揭露对方的逻辑漏洞，大义凛然地证明自己的无比正确。年轻时看辩论赛感觉很过瘾，成年以后我突然意识到，这种争论文化"毒害"了很多青少年，把人们的价值观都给搞坏了：好像在工作和生活中，重要且唯一的目的，就是证明自己是对的。我认为这是在年轻人的认知培养上最大的一个误区。

如果今天，让我重写《盲人摸象》的故事，我会写成什么样？当每个盲人都知道自己是盲人，明白自己不能穷尽了解一件事物的全貌，他们应该怎么做？我想，他们应该团结起来开一场会，不是辩论会，也不是批判会，他们要做 discussion，也就是讨论。每个人都应该贡献自己的观点，但并不一定要否定别人的观点。因为，只有把每个人的观点拼凑到一起，才有可能得到最接近真相的结论，对吧？

有人说大象像扇子，因为他只摸到了耳朵；有人说大象像柱子，他摸的是腿；有人说大象像蛇，那是尾巴；有人说像水管，那是鼻子；还有人说像长矛，那是象牙……把这些特点整合到一起，我们更能知道大象真实的模样。

在生活和工作中，每当我们与别人发生冲突，其实应该先想一想，它究竟是一种有意义的讨论，还是无意义的争论？我见过太多聪明人之间的讨论，最终都变成了面子之争、意气之争。争到最后，无非为了证明我是对的、你是错的，甚至上升到人身攻击，要证明你的人格都是有问题的。双方不欢而散，都已经是最无伤大雅的结果。最严重的是，每个人都会陷入自己的信息茧房，为了捍卫自己的观点，更加坚定地网罗"证据"，行为加强动机，最终我们会变得非常偏激，也不再有机会听到不同的意见。

生活不是一场辩论赛。我们需要的是交流，以及不断地讨论。

乔布斯的例子大家都知道，我们都认为他是天才，他确实是天才，但是，一个孤独的天才光靠在屋里冥想，是做不出满足用户需求的产品的。

我研究过一些有关乔布斯的材料，有一点可以明确：他并不像大家想象的那样，每天躲在屋子里独自冥想，事实上，他会阅读用户的来信。有一次，他甚至通过邮件与一位《纽约时报》的专栏作家吵了起来，因为对方吐槽"苹果"的产品。这件事说明了什么？乔布斯也在不断倾听用户的反馈意见。最典型的一个例子，乔布斯经常夸耀，说自己是"世界上最伟大的贼"，因为他善于"偷"别人的思想。

所以，如果你们初入职场，我希望大家一定要养成良好的习惯——不要动不动就去 diss 别人。diss 别人很容易，但是真正考验人的，是 get 别人想法的能力。如果我们有一个团队的群体智慧，每个人都为同一问题贡献了好的想法，将这些想法拼凑起来，可能会得到一个很好的解决方案。

伯乐相马

第五个故事，听过的人就很少了。大家要么只记得一句"千里马常有，而伯乐不常有"，要么感慨自己是千里马，老是遇不着伯乐，这都太俗套了。

对于这个故事，我的理解跟别人不一样。刚才我们聊到如何get别人的思想，那么《伯乐相马》就是用来解答这个问题的。我们在日常生活中会有很多交流，但不是所有人的交流都那么入木三分、一针见血，其中也会有很多废话，对吧？那么，我们需要做到的，就是避免陷入表象，真正抓住问题的关键，准确get到别人话中的核心含义。

很多"杠精"之所以抬杠，是因为他们总喜欢在马的公母、颜色，或者毛发的长短上与人争论。大家想想，我们自己在日常讨论工作的过程中，是不是也花费了很多时间于表面问题上争论不休，而忽略了事情的本质？在我们公司内部，团队讨论时会有一个"切口"，当你觉得对方开始抬杠了，可以提示说：

"同学，请不要在马的颜色上与我争论了，我们要讨论的是马的骨骼走向、肌肉排列、精神状态。"这时候外在的情况一点都不重要。

说到这儿，我也想和大家分享一个经验。我见过很多世界顶级的 VC（风险投资人），在你们的想象中，顶级的 VC 都是什么样子呢？是不是一个个都很有钱，都是 billionaire（亿万富翁），衣着豪华，叼着雪茄，端着红酒，大腹便便……这是资本家的形象；并且，他们一见到你，就会很傲慢？坦率地说，真不是这样——当然了，很多 VC 并不谦虚，他们非常 aggressive（激进）和尖锐。

但是，我就想分享一个技巧，这也是我从他们身上学到的。有一次，我就问一个 VC：你投资了这么多公司，这么多行业，难道你在每个行业都是专家吗？你对每家公司都很了解吗？他说自己也不了解，但是他可以问问题。

我见过国内很多做投资的人，他们每次见到年轻的创业者，尤其是美女创业者，就会坐在那儿：来来来，我跟你讲讲……然后开始呱呱地讲自己的革命家史，以此来教育创业者。顶级的 VC 不教育创业者，他们会在投资以后再教育你，投资之前，他们只会不断地问你各种问题。

所以，最好的 VC，就是特别善于问问题的人。在跟这些顶级 VC 的交流中，我发现他们一般会问几十个问题，直至把你问得搜肠刮肚都回答不上来。实际上，你就像整个的柠檬一样，被捏得挤出了所有的水分，剩余的"干货"也都清晰可见，他们很快就会获得你对于这个行业的认知。所以，真正的VC可能在语言上并不谦虚，但是心态都是非常谦虚的，这种谦虚也使得他们擅长"榨取"本质性的信息。

大家读一本书，或看一篇文章，也应该像《伯乐相马》的故事一样，能够看到方方面面，所谓仁者见仁，智者见智。不过，大家也应该去锻炼一种能力，即抛开表面干扰因素，能够捕捉核心，直达主题的能力，这会让我们每个人的沟通效率和学习效率得到很大的提升。

明烛高悬

第六个故事叫《明烛高悬》。内容是这样的：春秋战国时期，燕王的一位朋友写信给他。那时候晚上没有电灯，这位朋友就吩咐一名童子在案旁举着蜡烛。夜深人静，童子不由得打起了瞌睡，手就越举越低。那么，蜡烛越低，光线就越暗。这位主人也很 nice（善良），就不断地说，把蜡烛举高一点，把蜡烛举高一点……

你们有没有这样的经历？某一句话嘴上说多了，不小心就会写到手边。于是，这位主人写的信里，就很无厘头地出现了"明烛高悬"四个字。

燕王读到这封信之后，感到很奇怪，因为信中讲的都是些鸡毛蒜皮、家长里短，莫名其妙就来了这四个字，希望自己"明烛高悬"。他百思不得其解，一连琢磨了好几天。实际上，当时的燕王正在苦苦思索，如何让燕国变得更加强大，而这四个字就像一把钥匙，一下就打开了他的心。燕王觉得，这位朋友的境界太高深了，以这四个字为隐喻，希望我能够时刻警醒，要政治开明、广开言路，高举明烛以照亮朝堂。

后来，燕王就修建黄金台、千金买马骨，以此广招贤士，使燕国实现了一段时间的兴旺，成了战国七雄之一。

大家觉得，燕国的兴起、朝政的改善，和这个写信的人有没有关系，或者说有多大的关系？这个故事对我的影响，是明白了每个人的内心都有很多疑问，或是公司的商业模式，或是产品的设计方案，或是领导交办的某项工作，又或是家庭中遇到的某个问题……我们总是会面临这样或那样的问题，如果带着一种空杯的心态，就能将别人的能力和建议取其精华、去其糟粕地为我所用。最高明的境界就是，即便是对方无意间说的话，你都能够有所启迪。这样的人，悟性是极高的。

对于这点，我自己的感触也比较深。刚毕业的时候，我也做不到这种程度，因为刚才说过，我也经历了一个"杠精"的时段。那么，要做到"明烛高悬"，倒不一定都是通过谈话，我的一个体会是看书和阅读。说到读书，我建议大家尽可能地博览群书，有的人只读专业书，对吧？遇到解决不了的编程问题，我就只读与编程有关的书，这对自己的知识面是非常不利的。

中国古代的诗人为什么要出去游历名山大川、进行采风？有一句话叫"功夫在诗外"，李白就是要喝了酒，游山玩水才能有感而发。所以，大家不妨多读书，有时候作者描述的一句话，可能本意并非如此，却能给你带来很多启发。或者刚读一本书的时候，你看哪句话都没有启发，可是读书多了，感觉就会有点微妙，从中有所收获。

这第六个故事，实际上与前面一样，还是希望大家能够学会阅读和倾听，善于把别人的想法变成自己的，或者作为自己想法的一个催化剂。人生真的非常短暂，如果我们的经验累积，是指望每个人都亲自把所有错误犯上一遍、所有经历都体验一遍，进步是非常慢的。

正如牛顿所讲的那句名言：如果我比别人看得更远，那是因为我站在巨人的肩膀上。牛顿很谦虚，不过这句话只说对了一半。因为我小时候读到这句话，想的是，我也很想踩到巨人的肩膀上，可是没有哪个巨人给我踩啊。那么，还有一句话可以补足——"处处留心皆学问"。

有的人走出校园之后，就不再学习了，整日里跟人谈话、吃饭、喝酒。如果我们像燕王一样，即使别人给了无厘头的四个字，都能够认真地思考，练就这样的能力，每天都朝着一个方向不断地努力和积累，学习效率会是同龄人的数十倍。不出二十年，只要五到十年，大家的差距就能表现出来。

洗手之药

最后一个故事，叫《洗手之药》。古时候，有个人发明了一种洗手药，抹上之后，即使冬天手浸在水里，也不会生冻疮。我们北方的同学小时候有没有生过冻疮？我也体验过，那种感觉又疼又痒，非常难受。

那么，他这种药主要就卖给当地的妇女，因为古时候妇女需要浣纱，洗衣服都在河里。用了他的药之后，冬天手就不会开裂，不长冻疮。因此，这个人每年都能赚一笔稳定的收入，然后开了一家小杂货店，小日子过得还不错。这个人叫张三。

后来，有个叫李四的人——张三李四重要吗，同学们？对，那是"马的颜色"，你们已经学会不当"杠精"了。李四找到张三，说，兄弟，我给你一百两银子，你把这个药方卖给我，我保证不跟你竞争。张三想了想，自己可能一辈子也挣不到这么多钱，就把药方卖给了李四，拿到了一百两银子。

李四果然没有食言，他才不屑于在小乡村里与人展开这种"内卷"式的竞争。他一转眼去了哪儿？姑苏，也就是今天的无锡。那里正在发生什么事呢？当时的吴王正率兵在太湖上与人水战。于是，李四就把这个药方献给了吴王，吴王下令大批量地炮制洗手之药，然后分发给水军。士兵们抹上药之后，手就不会受冻，能够握得住兵器。吴军的战斗力大增，最终战胜了越军。吴王一高兴，就赏了李四一百两金子和两座城池，还封他为侯，给了他一个爵位。这个故事说明了什么？大家想一想。

有很多技术人员，老是跟我争论：自己的技术到底值不值钱？我说，大哥，很值钱。但我一"翻脸"可能又会说，兄弟，不值钱。值不值钱，就看你能不能找到好的应用场景。场景不对，它就是一个乡村小杂货店的"镇店之宝"，每年只能创造那么一点营收；切换至好的场景，它就是富国强兵的国之利器，能够成为封王拜相的政治资本。对吧？

所以，我就希望大家在未来的学习、择业和工作中，能够经常想一想这个故事，不要先验为主地对很多事物作出评判。很多不起眼的小技能，就像洗手之药，找到合适的场景，其价值可能会远超你我的想象。

好啦，七个故事讲完了，我稍微做一下总结。通过今天的分享，我希望大家能够建立一种正确的认知观，学会"吸星大法"，获得 get 别人想法的能力。不要天天热衷于 diss 别人，也不要老是去当"杠精"。做"杠精"，除了会让你的嘴皮子变得更利落，有机会成为一名脱口秀演员，对你的知识性学习，以及个人经验的积累，并不会有很好的帮助。

最后，我也为大家提供几点建议作为参考。当然了，成功的关键是多元的，不是每个人都要做下一个张一鸣、下一个马化腾。应该说，我这一路有走得顺的时候，也有摔跟头的时候，所以以下的建议，并不是想告诉大家如何才能成功，而是怎样成为一个有趣的、能够不断跟上时代步伐的人。

第一个建议，就是保持好奇心。最近，我准备把自己上一本书——《颠覆者》的书名改一下，换成与好奇心有关的。因为，我仔细想了想，自己之所以今天还能进入很多领域，包括在网络安全方面做出了一点成绩，都与好奇心有很大的关系。

好奇心这个东西很奇怪，人人天生都有，但是年龄越大，似乎就越稀少。我们见过很多童言无忌的小朋友，觉得他们问的一些问题都很可笑，实际上这些问题代表了一种真正的好奇。因为小孩子没有各种成见，他们真的做到了把自己放空。等年纪渐长，我也不知道是哪里出现了问题，人们成熟稳重的象征之一，就是没有好奇心。

什么叫"杠精"？就是总想着"我吃过的盐比你吃过的饭都多，我走过的桥比你走过的路都多"；见到任何新事物，第一个反应就是："这个东西，不怎么样；那个东西我见过，肯定不行。"人如果陷入这样一种心态，哪怕只有20岁，我也认为他是一个老年人了。

第二个建议，是自主学习。我观察到一个很奇怪的现象，关于为什么要学习这个问题，其实很多人都没有认真想过。假如我现场做一番调查，让你们自行回答，可能有人会说为了家长，因为爸妈天天催促我学习；有人说为了考试，这也是真话——如果学校取消了考试，大概就没有人去念书了，对吧？那么，除了这两项，还有什么目的？有没有人为了好玩而学习？有没有人出于兴趣而学习？

有的同学，英语四级屡考不过，对他来说，每个英文单词学起来都很痛苦——大家身边有没有这样的人呢？当考试成为唯一的衡量标准，学习就会成为一种压力，效率也会急剧降低。

但是，当年我有一位英语成绩很不好的同学，很喜欢玩"魔兽世界"。里面那么多各种各样的英文单词，他记得门儿清，包括哪些种族，分别有什么特长，如何得分……我觉得，他简直称得上一本"魔兽世界"的百科全书了。

你问他，刻意去记忆了吗？好像也没有。你说，这个人的记忆力到底是强还是弱？这也证明，我们每个人的能力和潜力都是巨大的。所以，我建议大家：不管你今天是不是在学校，哪怕离开了，能不能把考试和老师的期望、同学间的比拼、父母的催促都抛开，建立一种自主的学习——我学习是为我自己，我学习是为了好玩，我学习是为了自己的好奇心，我学习是因为出于自身的兴趣。

第三个建议，是养成读书的习惯。其实这个建议我犹豫了半天，因为自己也没有坚持得非常彻底。

我很庆幸，自己年轻的时候没有手机，也没有互联网，所以养成了阅读的习惯。最快的时候，我每周能读一本到两本书。在 40 岁或 45 岁之前，我实际上读了非常多的书，这对于我的成长和工作有很大的帮助。特别是很多书，都是经过丰富经验的编辑、由精挑细选的作者写出来的。

不过最近几年，坦率地说，有了手机之后，我本以为可以用它打发碎片时间，现在手机已经把我所有的时间都变成了碎片时间。关于手机，最早的说法叫"kill time（消磨时间）"，实际现在成了"time killer（时间杀手）"。这种碎片化和短视频化的阅读，会降低人们思维的缜密度和逻辑性，"格式化"我们的头脑。

那么，在跟大家讲完这个建议之后，我也想将读书这个习惯恢复起来，大概每周一两本书的强度。或者，从现在开始，至少每月要读一本书，希望与大家共勉。

总之，我希望大家能够像《伯乐相马》一样，看到故事的本质；像《盲人摸象》一样，学会讨论，而不是辩论，更不是争论。改善我们认知的方法，就是保持好奇心，把学习的动力从外在的逼迫转变为自己内在的驱动，并且养成良好的阅读习惯。其余的，我认为就靠持续的积累和努力了。

今天这场分享形式，既不像脱口秀，也不像 Ted 公开课，我也不知道是不是给大家熬了一碗鸡汤，不过保证没有加鸡精，都是原汁原味。不管味道如何，感谢大家的耐心和理解，谢谢大家。

2022 年 11 月 7 日

图书在版编目（CIP）数据

开场白：让我们和更好的你聊聊 / 白岩松等著 . --
武汉：长江文艺出版社，2023.9
ISBN 978-7-5702-3301-4

I.①开… II.①白… III.①演讲 - 作品集 - 中国 - 当代 IV.①I267

中国国家版本馆 CIP 数据核字（2023）第 142071 号

开场白：让我们和更好的你聊聊

KAICHANG BAI : RANG WOMEN HE GENG HAO DE NI LIAOLIAO

白岩松 等著

选题产品策划生产机构 | 北京长江新世纪文化传媒有限公司
总 策 划 | 金丽红 黎 波
特约策划 | 张 羽 辛 艳 王立明 刘 舒
责任编辑 | 陈 曦 装帧设计 | 郭 璐 责任印制 | 张志杰 王会利
助理编辑 | 张晓婷 内文制作 | 张景莹 版权代理 | 何 红
法律顾问 | 梁 飞 媒体运营 | 刘 冲 刘 峥 洪振宇
总 发 行 | 北京长江新世纪文化传媒有限公司
电 话 | 010-58678881 传 真 | 010-58677346
地 址 | 北京市朝阳区曙光西里甲 6 号时间国际大厦 A 座 1905 室 邮 编 | 100028

出 版 | 长江出版传媒 长江文艺出版社
地 址 | 湖北省武汉市雄楚大街 268 号湖北出版文化城 B 座 9-11 楼 邮 编 | 430070
印 刷 | 天津盛辉印刷有限公司
开 本 | 880 毫米 ×1230 毫米 1/32 印 张 | 9.25
版 次 | 2023 年 9 月第 1 版 印 次 | 2023 年 9 月第 1 次印刷
字 数 | 170 千字
定 价 | 68.00 元
盗版必究（举报电话：010-58678881）
（图书如出现印装质量问题，请与选题产品策划生产机构联系调换）

做一点小努力，对自己很满意。

不见人间烟火，
谁知两情能多久？

你面对整个世界去发一个泼天大愿，它同样是有价值的。

如果「你所学」并非「你所爱」，

不如就干一行、爱一行吧。

只有冲破一层层的束缚，

然后拾级而上，

才可以展开生命中真正的飞翔。

要成为一个强者，很重要的一点就是强大的心力。

一个人并非「是其所是」，而只能「做其所做」。

在我们标榜「成功」，

而且将其理解得特别狭隘的时候，

另外一种生活是可能的。

如果我们对父母没有过多的期待，

或许能掌握更多的人生自主权。

知识手册

人生开场，不再留白